PRIX : **60** *centimes.*

ERNEST DAUDET

LES

DOUZE DANSEUSES

DU

CHATEAU DE LA MOLE

PARIS

ERNEST FLAMMARION, ÉDITEUR

26, rue Racine, 26.

LES

12 DANSEUSES

DU

CHATEAU DE LAMÔLE

A LA MÊME LIBRAIRIE

OUVRAGES DU MÊME AUTEUR

Collection in-18 à 3 fr. 50

Collection des « Auteurs Célèbres » à 0 fr. 60

ÉMILE COLIN — IMPRIMERIE DE LAGNY

ERNEST DAUDET

LES

12 DANSEUSES

DU

CHATEAU DE LAMÔLE

PARIS

ERNEST FLAMMARION, ÉDITEUR

26, RUE RACINE, PRÈS L'ODÉON

LES
12 DANSEUSES

DU

CHATEAU DE LAMÔLE

I

Ceci n'est point un conte fantastique.

C'est une histoire arrivée il y a quinze ans, autant dire hier. Ce jour-là, il y avait à l'Opéra, dans le foyer de la danse, un désordre inusité. Le corps de ballet tout entier s'y trouvait, — deux cents jambes aux allures nerveuses, deux cents œillades pleines de rayons. — Quoique la répétition fût en retard, aucun petit pied ne frappait le sol avec impatience, aucune main courroucée ne se serrait convulsivement. Il

était clair qu'on demeurait sous l'émotion d'une
nouvelle.

La nouvelle était grave, en vérité! Deux
danseuses avaient disparu, non pas les premières venues, s'il vous plaît, mais bien deux
jeunes filles destinées à égaler les Taglioni de
la veille et à dépasser les Ferraris de l'avenir.
Mesdemoiselles Mérine et Stella, une brune et
une blonde, toutes deux admirablement jolies,
ne réunissant pas encore trente-cinq ans sur
leurs deux têtes : taille fine, jambes modelées,
têtes expressives et délicatement attachées :
telles étaient les deux danseuses enlevées.

Enlevées! Le mot est hardi peut-être. C'est
qu'au foyer de la danse, une femme qui dispa-
raît est une femme enlevée. Il n'y a pas de milieu. L'expérience est là pour le démontrer.
D'ailleurs, c'était bien l'opinion de toutes celles
et de tous ceux à qui on apprenait le fatal événement. Les premières en riaient et enviaient
peut-être le sort des victimes. Pour M. le directeur du corps de ballet, il était plongé dans le
plus douloureux accablement.

— En vérité, c'était bien la peine de me
donner tant de mal pendant quatre ans pour
les amener l'une et l'autre à ce degré de per-

fection : où était la nécessité de leur bien faire comprendre les secrets du grand art de Vestris? Tous ces efforts devaient les conduire à un succès qui eût marqué l'ère de ma gloire, et par leur caprice et leur légèreté, elles ont tout perdu, tout anéanti : leurs travaux et mes espérances. Si du moins je pouvais les remplacer. Fou! est-ce possible? Je les avais choisies moi-même au milieu des plus belles et des plus gracieuses. Où retrouver encore cette richesse de chevelure, ces corps si parfaitement tournés, cette légèreté, cette démarche aérienne? Non, tout est bien perdu. O l'amour! ô les femmes!

Après avoir, à l'exemple d'un grand nombre de ses contemporains, maudit une fois de plus ce sexe trop perfide, M. le directeur du corps de ballet sentit grandir son émotion; il tira son mouchoir de sa poche, cacha son visage et pleura.

Il demeura seul dans sa douleur. Autour de lui des groupes nombreux s'étaient formés. On se demandait mutuellement des détails sur le grand fait de la journée. Il y avait là M..., le rédacteur en chef d'un petit journal, qui interrogeait une grande fille aux cheveux roux et aux yeux jaunes comme un fleuve chinois.

— Voyons, mon petit museau, donne-moi quelques détails sur cet enlèvement. Dis-moi ce que tu sais.

— Tu me demandes de te raconter la chose, et puis tu diras que tu la tiens de moi.

— Une réclame pour tes jambes ! Voyons, parle.

— Eh bien ! voilà. Mérine et Stella ont écrit hier au directeur qu'il ne fallait plus compter sur elles. Ce qu'il y a de plus drôle, c'est que leurs lettres, bien que chacune ait été apportée d'un endroit différent, étaient de la même main. Quoi qu'il en soit, le directeur, qui tenait à ses danseuses, a envoyé chez elles aussitôt, avec l'espoir qu'il serait temps de les détourner de leur projet. Mais on est arrivé trop tard : les oiseaux avaient quitté le nid depuis plusieurs heures.

— Ah ! ah ! Et sait-on qui a pu aider à le vider ?

— C'est encore un mystère. On ne connaissait pas d'amants aux deux petites. Tu comprends ? Il n'est pas facile de deviner qui elles auront choisi pour cavalier.

Sur ce, le journaliste se déclara satisfait, et alla faire son article. La danseuse alla rejoindre ses camarades, et la répétition commença.

Or, à la même heure, quelques jeunes gens
étaient réunis dans l'élégant appartement du
petit René de Morieux. Le maître du logis
avait groupé ses amis autour de lui, dans une
chambre reculée, loin des hommes et des
domestiques, et il avait pris la parole en ces
termes :

— Messieurs, un grand événement frappera
de stupeur, aujourd'hui même, le monde parisien. Notre ami, le roi des grands seigneurs, le
riche parmi les riches, le chef de nos parties
les plus gaies, le plus galant et le plus respec-
tueux auprès des femmes, en un mot, le duc de
Valliguière, notre maître à tous, a disparu.

— Disparu !

— C'est le mot. Qu'est-il devenu ? Voilà ce
que j'ignore. Hier, le plus grand des hasards
m'a fait connaître que le duc avait vendu secrè-
tement ses voitures et ses chevaux, qu'il avait
congédié ses gens et fermé son hôtel. C'est là
que je me suis rendu. Le suisse m'a appris
que, depuis cinq jours, l'hôtel n'appartenait
plus au duc.

— Et ses maîtresses ? demanda un jeune

homme tout nouvellement introduit dans ce cercle d'intimes.

Chacun le regarda avec étonnement. René de Morieux continua :

— Le duc n'avait pas de maîtresses, n'est-ce pas, Édouard ?

Et il se tournait vers un beau garçon, au visage pâle et à l'œil un peu terne, qui, assis à l'écart, écoutait la conversation, le cigare aux lèvres et les yeux à demi clos. M. Édouard d'Aussay se leva à l'interrogation de René, et allant se placer devant le petit monsieur qui avait supposé des maîtresses au duc de Valliguière :

— Rien n'est plus vrai, lui dit-il, M. de Valliguière n'a jamais eu de maîtresses. Il a vécu trois ans au milieu de nous, partageant, dédaigneusement peut-être, certains de nos plaisirs, jamais nos folies amoureuses. Personne n'a pu le surprendre en bonne fortune. On a vainement cherché à lui découvrir quelque liaison. Plusieurs fois, il a soupé avec nous : il était toujours seul. C'est ainsi qu'un soir, il vint s'asseoir treizième à notre table. Quelqu'un le lui fit remarquer :

— Je n'ai jamais cru à la fatalité du nombre

treize, répondit-il ; pourtant, s'il devait avoir quelque influence sur moi, son intervention ici veut dire que je quitterai Paris dans l'année.

— Il ne se trompait pas, s'écria René de Morieux, interrompant le narrateur. — Messieurs, reprit-il tout à coup, le départ du duc cache quelque chose d'extraordinaire. Il n'était pas homme à s'éloigner sans prendre congé de nous. Pour qu'il se soit décidé à disparaître aussi brusquement, il faut de l'inattendu dans son existence.

— Il est peut-être ruiné, hasarda timidement le bon jeune homme qui avait déjà parlé une fois.

A ces mots, René de Morieux et Édouard d'Aussay levèrent les épaules.

— Dessèche-t-on la mer ? dit ce dernier. Il serait aussi difficile de vider les coffres de la maison de Valliguière que les vastes abîmes dans lesquels roulent, depuis le commencement du monde, les vagues furieuses de tous les océans. Non, ce n'est pas là le motif du départ du duc.

Édouard s'arrêta. René prit la parole.

— Nous nous épuiserions vainement à chercher ce motif. Ce que nous avons à découvrir, c'est le duc lui-même. Que deux d'entre nous se mettent en route. Ce sera, si l'on veut bien, Édouard et moi : nous partirons demain, nous irons dans toutes les propriétés connues et inconnues des Valliguière, et si nous ne trouvons pas notre ami, c'est qu'il aura disparu de ce monde.

La proposition fut accueillie avec enthousiasme, et le départ de René et d'Édouard fixé au lendemain. Ils devaient d'abord se rendre au château de Valliguière, dans le Midi, et de là fixer, d'après les renseignements obtenus, l'itinéraire de leur route.

Le soir, tout le monde s'entretenait de l'enlèvement des deux danseuses et de la disparition du duc; mais personne ne songea à la coïncidence de ces deux faits. Les danseuses n'avaient pas d'amants. Le duc n'avait pas de maîtresses. Mon Dieu ! que tout cela était extraordinaire !

II

Mlles Mérine et Stella étaient, nous l'avons dit, deux filles ravissantes. La première était brune ; mais elle avait la peau blanche et rosée et les yeux bleus des blondes. La seconde était blonde ; mais la couleur mate de son visage, l'éclat de ses yeux noirs et profonds donnaient à sa beauté le caractère de la beauté des brunes. Toutes deux étaient grandes, minces et sveltes. Elles semblaient faites de soleil et de roses, tant il y avait en elles de rayons et de parfums.

D'où venaient-elles? Quel pays les avait vues naître?

On m'a assuré qu'elles étaient nées à Paris.

Le père de Mérine exerçait la profession d'afficheur et s'était marié jeune : deux ans avant la naissance de sa fille, il devint veuf.

La mère de Stella confectionnait des gaufres
à la barrière de l'École. Onze mois avant de
goûter les douceurs de la maternité, elle eut la
douleur de perdre son mari. Ce fut donc au
veuvage de leurs parents que les deux enfants
durent leur naissance, dont, en raison de ce
fait, la loi refusa de reconnaître la légitimité.

A sept ans, Mérine et Stella étaient liées
d'amitié. Jusque-là, elles avaient vécu dans la
poussière et sur les pavés. La rue était leur
domaine. Elles le partageaient fraternellement
avec les chiens, les omnibus et les ruisseaux.
Elles pataugeaient, un jour d'été, dans la boue,
lorsqu'elles furent accostées par une vieille
dame, d'honnête mine, qui n'eut pas de peine
à gagner leur confiance. Elle les entraîna dans
sa maison, et là, leur peignit un avenir doré,
des jours tramés de soie, des nuits tissues
d'amour, — cette dernière promesse ne fut faite
que beaucoup plus tard, — si elles voulaient
se confier à ses soins. Elles avaient la naïveté
de leur âge; elles acceptèrent. Aussitôt la brave
femme les décrassa des pieds à la tête, leur jeta
sur le dos des habits convenables, et vraiment,
lorsque les deux fillettes eurent ainsi fait peau
neuve, elles furent gentilles à croquer.

Ce fut vers ce temps que, presque simultané-
ment, moururent les auteurs de leurs jours.
Stella pleura sa mère, bien qu'elle n'en eût jamais reçu de gaufres. Pour Mérine, elle n'eut
aucune larme pour son père, qui, disait-elle,
avait trop souvent affiché ses mains sur les
joues de sa fille. Elles portèrent le deuil pendant un an. Leur vieille protectrice aimait les
convenances. Elle traitait, du reste, fort bien
les deux petites, leur apprenait à lire et à
écrire, soignait beaucoup leur personne, coiffait
elle-même leurs beaux cheveux et amenait deux
fois par semaine un monsieur qui *visitait leur
bouche.*

Quand Mérine et Stella eurent atteint l'âge
de dix ans, la vieille dame les attifa encore
mieux. Elle leur révéla peu à peu le secret,
qu'elle paraissait bien connaître, de porter sans
gêne les plus somptueuses toilettes. De temps
en temps, elle les conduisait devant les beaux
magasins de bijouterie et leur inspirait adroite-
ment le goût des joyaux et des perles.

Quelques mois plus tard, un matin, tandis
que les jeunes filles s'habillaient, un monsieur
entra inopinément dans leur chambre, accom-
pagnant la vieille dame.

— N'achevez pas votre toilette, mes enfants,
dit celle-ci, voici monsieur qui veut vous examiner.

Et à la grande honte des pauvres petites, ledit
monsieur s'approcha, leur fit lever plusieurs
fois les bras et les jambes, les fit sauter, courir
et danser. Cet exercice terminé, il les considéra
un moment.

— C'est bien, dit-il ensuite.

Et il sortit accompagné de son interlocutrice,
laissant Mérine et Stella fort étonnées, comme
on peut le penser.

Trois jours après, elles étaient engagées dans
le corps de ballet de l'Opéra, et entrèrent dans
la classe de danse. Ce fut alors que l'honnête
femme dont la philanthropie les avait ramassées
dans la boue leur tint à peu près ce langage :

— Mes enfants, vous savez les sacrifices que
votre éducation m'a coûtés ; du jour où je vous
ai recueillies, je vous ai prises en affection, et
je n'ai pas voulu qu'auprès de moi vous eussiez
quelque chose à regretter. Je n'ai reculé devant
aucune dépense pour vous procurer de l'agrément. Maintenant je suis satisfaite, car j'ai mis
la fortune dans vos mains. Dans votre position,
jeunes, jolies, vous n'aurez pas de peine à trou-

ver, dans peu d'années, un protecteur, amateur éclairé des arts, qui ne demandera pas mieux que de vous assurer, moyennant de légères faveurs, un sort tranquille. Et alors j'espère bien que vous n'oublierez pas celle à qui vous devez tout.

— Oh ! nous vous le promettons, répondirent les deux jeunes filles.

La vieille continua :

— Pour le moment, nous ne pouvons plus demeurer ensemble. Il faut nous séparer. — Elle venait de recueillir deux autres orphelines. — Mais je vous ai trouvé pour chacune un gîte honnête.

En effet, le lendemain, Stella fut installée chez une marchande de légumes du faubourg Montmartre, et Mérine chez un concierge, dans le passage de l'Opéra. On voit déjà tout le calcul de cette vilaine femme : — il est des choses qu'on ne nomme pas par leur nom. — Heureusement qu'elle ne put en jouir. Un mois après s'être séparée des deux jeunes filles, elle fut frappée d'apoplexie et mourut en deux heures. Les personnes qui donnaient un gîte aux futures Taglioni consentirent à le leur conserver, à condition d'être payées, dès que leurs pensionnaires gagneraient de l'argent. Au bout de trois ans, Mérine et Stella furent appointées et remarquées.

Néanmoins, elles demeurèrent bonnes filles. Le temps passa, mais leur amitié ne passa pas. Elles avaient grande confiance l'une dans l'autre et se disaient mutuellement leurs petits secrets. Pendant trois fois douze mois, il n'y eut pas dans leur confiance un seul secret d'amour; mais, en revanche, que d'ambitieux rêves!

Un jour, cependant, — elles avaient alors dix-sept ans, — Stella dit à Mérine :

— J'ai un grand secret à t'apprendre.

— Moi aussi, répondit Mérine, qui entrait en scène.

Pendant l'entr'acte, elles demeurèrent dans un coin, et là, eut lieu entre elles le dialogue qu'on va lire :

— Quel est ton secret? demanda Mérine.

— Commence par me dire le tien.

— Non. Commence, je t'en prie.

— Eh bien!... je vais avoir un amant.

— Tiens! c'est comme moi.

— Vraiment! Comment est-il? Le mien est un grand jeune homme de trente ans ; il est brun.

— Comme le mien. De plus, le mien possède une fortune dont il ne connaît pas même le chiffre. Il porte un grand nom et il est duc.

— Mais c'est effrayant de ressemblance... Et son nom ?

— Son nom ! dit Stella... C'est... Ah ! reprit-elle avec une petite moue, il m'a défendu de le dire, sous peine de voir tout rompre.

— Je te le répète, ma chère, c'est absolument comme moi. Seulement je te dirai, — et ici Mérine se pencha vers sa compagne et lui parla si bas que celle-ci l'entendit à peine, — il m'enlève ce soir.

— Ah ! mon Dieu ! s'écria Stella en éclatant de rire.

Mérine s'arrêta :

— Pourquoi ce rire excessif ? demanda-t-elle à Stella.

— Ma chère, parce que ce qui nous arrive est bizarre. On m'enlève aussi ce soir, et j'ai là, ajouta Stella en montrant sa gorgerette, une lettre que je laisserai pour le directeur.

— Voilà la mienne, répondit Mérine en montrant un bout de papier moins blanc et moins satiné que sa peau.

— Alors, ma chère, il ne nous reste plus qu'à nous faire nos adieux.

Elles s'embrassèrent tendrement et rentrèrent en scène. A la sortie du théâtre, elles se serrèrent la main une fois de plus et se séparèrent.

A minuit, Stella, enveloppée dans un grand manteau et le visage couvert d'un voile épais, se tenait debout dans l'angle d'une maison de la rue de Provence. Il ne passait presque personne, et déjà la jeune fille commençait à n'être guère rassurée, lorsqu'une voiture de voyage, attelée de deux vigoureux chevaux, se montra au bout de la rue et vint s'arrêter devant la porte contre laquelle elle s'appuyait.

Un domestique sauta par terre et, se découvrant, s'approcha de Stella. Celle-ci lui dit un mot à l'oreille ; il ouvrit la portière de la voiture. Stella monta et se trouva assise sur de moelleux coussins, dans une chaude atmosphère. Au moment de fermer la portière, le domestique lui dit :

— M. le duc ne rejoindra madame que plus tard.

La jeune fille, quoique dans l'obscurité,

éprouvait un tel bien-être qu'elle ne songea pas à avoir peur, bien que la voiture fût hermétiquement fermée.

Au bout d'une demi-heure, la chaise s'arrêta de nouveau. La portière s'ouvrit encore, et une femme monta. Stella jeta un regard au dehors et eut le temps de reconnaître les Champs-Élysées. Mais elle ne connaissait pas l'étrangère.

— Il ne m'avait pas dit que nous serions deux, pensa-t-elle.

La nouvelle venue fit, à part elle, la même réflexion.

On conçoit assez quelle dut être la position de ces deux femmes inconnues l'une à l'autre, une fois en route. L'équipage allait comme le vent; on éprouvait peu de cahots. La voiture était bien suspendue et les roues solidement garnies de caoutchouc, qui amortissait les chocs sur le pavé des routes. Dans ce calme intérieur, elles ne parvenaient pas toutefois à se tranquilliser. Aucune d'elles ne voulait la première prendre la parole. Dans son coin, Stella se remuait, toussait pour se faire remarquer. Mais sa compagne ne bougeait pas. Enfin elle se décida à lui parler.

— Madame ! dit-elle.

Pas de réponse. Elle reprit plus fort :

— Madame !

Ce fut en vain.

— Elle dort, pensa-t-elle.

En effet, l'étrangère s'était endormie. Stella ne tarda pas à en faire autant.

Lorsqu'elle se réveilla, il faisait grand jour ; il était facile de le deviner aux rayons qui essayaient de pénétrer par les rainures. Mais l'intérieur de la chaise restait toujours dans l'obscurité. Stella réunit ses souvenirs et se fit rapidement l'histoire de cet enlèvement.

— Tiens ! se demanda-t-elle tout à coup, et ma compagne de route, dort-elle encore ?

Elle allait, comme la veille, lui adresser la parole, lorsque la voiture cessa tout à coup de rouler. Les stores se levèrent, et à la clarté du jour, Stella regarda la camarade inconnue de son voyage.

— Mérine ! s'écria-t-elle.

— Stella ! s'écria Mérine ; car c'était bien elle.

— Qu'est-ce que cela signifie ?

— Que probablement nous sommes enlevées toutes deux par le même duc de Valliguière.

— Mais c'est affreux ! Comment, tu étais là depuis hier soir, et je n'osais te parler !

— C'est comme moi.

Un domestique s'approcha et interrompit leur conversation.

— Si ces dames veulent se donner la peine de descendre, dit-il, leur déjeuner est préparé ici.

Bien que fort irritées contre leur traître ravisseur, les deux voyageuses étaient encore à jeun et lui surent gré de son attention. Elles sautèrent légèrement sur la terre, encore un peu humide de la fraîcheur de la nuit. La température était froide, mais le ciel bleu et illuminé par le soleil. La route sur laquelle on se trouvait était toute couverte d'arbres dépouillés, et à droite se dressait une grande maison blanche.

Mérine et Stella, étant entrées, montèrent au premier étage.

Là, une femme de chambre les attendait, et avant de déjeuner, elles purent réparer le désordre de leur toilette. Cela fait, elles se mirent à table et, ma foi, dévorèrent à belles dents un déjeuner délicat. En revanche, elles causèrent peu. Aussi les mots tombaient-ils fort rares de leur bouche, moins rares cependant que leurs soupirs, car elles avaient pris leur parti en braves.

Elles terminaient le dessert, lorsqu'une porte s'ouvrit, et le duc de Valliguière parut en costume de voyage.

— Ah ! s'écrièrent-elles ensemble en quittant la table et en courant au-devant de lui, ah ! c'est heureux, monsieur, savez-vous ?

Le duc sourit.

— J'ai voulu, dit-il, vous causer à l'une et à l'autre une surprise agréable en vous faisant rencontrer ici. Ne m'en saurez-vous pas gré ?

— Sans doute, répondit Mérine, mais cependant...

— Oui, monsieur le duc, reprit Stella, expliquez-vous.

— Mon explication est courte. Pour vous tranquilliser, je vous dirai d'abord que ce n'est point par amour que je vous ai enlevées.

— Comment !

— Plus tard vous connaîtrez le motif qui me guide. Pour le moment, contentez-vous de savoir que je vous conduis en un lieu charmant, où rien ne vous manquera, où vous serez choyées et respectées, et où vos moindres fantaisies seront satisfaites.

— S'il en est ainsi, s'écria Stella, ma résolution est prise. Je ne vais pas plus loin, et si

Mérine veut me croire, elle suivra mon exemple.
Je préfère l'Opéra au lieu de délices que vous
me promettez.

La figure expressive de M. de Valliguière
devint sombre.

— Mesdemoiselles, dit-il, vous ne pouvez
vous échapper, vous êtes mes prisonnières.

— Mais, monsieur, c'est donc un guet-apens?

— Non, certes. Je vous ai prévenues que vous
seriez heureuses auprès de moi. Il ne dépendra
que de vous de l'être. Maintenant, vous voulez
partir? Vous ne le pouvez plus; il faut aller
jusqu'au bout. Il est inutile que vous cherchiez
à résister, j'ai ici dix domestiques. L'un d'eux
vous prendrait dans ses bras et vous emporte-
rait ainsi jusqu'à notre destination. Ainsi,
croyez-moi, restez calmes, soyez raisonnables,
et vous ferez de cette manière un voyage plein
d'agrément.

Il fallut bien en passer par la volonté du duc.
La résistance eût été une folie. Les deux jeunes
femmes prirent leur manteau de voyage sur
leur bras, et se tournant vers le duc :

— Nous cédons à la force, dirent-elles.

Il ne put s'empêcher de sourire, alla offrir
avec empressement son bras à Stella, et ils

descendirent suivis de Mérine. Un moment
après, la voiture se remettait en route. M. de
Valliguière courait à cheval à la portière de
droite.

III

Le soir même où les deux danseuses, escortées par M. de Valliguière, arrivaient au but de leur voyage, René de Morieux et Édouard d'Aussay, fidèles à la promesse qu'ils avaient faite à leurs amis, quittaient Paris et se mettaient, remplis d'espérance et d'ardeur, à la recherche du duc. Édouard et René étaient tous les deux jeunes, riches, intelligents et hommes du monde. Le premier était même quelque peu poète et romancier. Il existe trois romans, signés d'un pseudonyme féminin, dont on le soupçonne fort d'être l'auteur. Il n'a jamais franchement dit : Non. Ce qui pouvait justifier encore les soupçons de ceux qui le connaissaient, c'était son imagination, son esprit brillant, et enfin un vif désir d'aventures impossibles, dans lesquelles le rôle le plus curieux devait lui être réservé.

René de Morieux, beaucoup plus positif que son ami, prudent jusqu'à l'excès dans tout ce qu'il entreprenait, avait compris que, dans le voyage de recherches qu'il allait faire, il lui fallait un garçon ingénieux et peu facile à décourager, même aux heures les plus pénibles. Édouard lui avait paru réaliser complètement ce qu'il pouvait désirer, et il s'était empressé de se l'adjoindre. Cette course au clocher, qui promettait du nouveau, son but, ses résultats probables, plurent à Édouard, qui accepta avec enthousiasme.

Les voilà donc partis ! Ils se dirigeaient vers le midi de la France. La famille de Valliguière a dans le Languedoc d'immenses propriétés, au nombre desquelles est un vieux château dans lequel Édouard et René espéraient découvrir sinon leur ami, du moins quelque chose qui les mît sur ses traces.

Le troisième jour de leur voyage, ils étaient à quelques lieues seulement de Montélimart, et par conséquent peu éloignés du but de leur route. Il était environ trois heures de l'après-midi. Un froid intense régnait dans l'atmo-

sphère. La terre était sèche et unie comme un
verre. On avait dû ferrer les chevaux à glace.
Un jour gris éclairait à peine la nature dépeu-
plée, frileuse et presque morte, à laquelle il
semblait prêter à regret ses plus pâles et plus
sordides rayons.

— Ah ! cher, disait Édouard, voluptueuse-
ment étendu au fond d'une chaude voiture,
qu'il parfumait avec son cigare, quel beau
temps pour entreprendre une excursion aven-
tureuse !

— En effet, répondit René, je ne sais si don
Quichotte de la Manche, notre immortel devan-
cier, eut mieux, comme genre, comme effet
d'hiver, le jour où il abandonna son village.

— Et puis, remarquez, je vous prie, quelle
harmonie dans ce qui nous environne ! Voyez
ces roches grises qui garnissent les deux bords
de la route. Au-dessus, ces arbres sans feuilles.
De temps en temps, une rivière glacée, quelques
pousses d'herbe jaune, un cri d'oiseau. Mais
presque toujours la monotonie et le silence.

— Il faut être poète, en vérité, pour trouver
cela amusant.

— Je sais bien que vous préféreriez le soleil
de l'été aux teintes pâles d'un jour de janvier,

le gai au triste, les prairies aux rochers, les
filets d'argent des gazons aux glaces des ruisseaux, en un mot le printemps à l'hiver. Moi
aussi peut-être. Mais que voulez-vous? nous
n'avons pas le choix.

— Eh pardieu! je le sais bien, s'écria René
en s'enveloppant étroitement dans son manteau. Vrai, je ne vous connaissais pas une telle
philosophie. Nous n'avons pas le choix, c'est
clair. Mais ce n'est pas une raison pour trouver
tout au mieux. Je le déclare, le temps et la
route sont détestables, et si le château de
Valliguière leur ressemble, je regretterai presque d'y être venu.

— Mon ami, prenez garde, dit alors Édouard
avec un grand sérieux, prenez garde, nous entrons seulement en campagne. Rien encore ne
nous a manqué. Avant de vous plaindre, atten-
dez donc au moins d'avoir vu le feu.

— C'est vrai! soupira René.

Le silence se fit encore entre les deux voyageurs. La voiture continuait à rouler. A chaque
relais, on prenait des chevaux bien reposés, et
l'on repartait avec une vitesse de locomotive.
Cependant, la nuit commençait à venir. Sans
doute on allait arriver.

— Savez-vous, s'écria tout à coup Édouard, ce qui serait terriblement décevant, après un tel voyage ?

— De ne trouver personne ? demanda René.

— O mon ami, je vous plains et je ne vous reconnais plus. Mais non, au contraire, ce qu'il y aurait d'affreux, ce serait de rencontrer Valliguière ici, lorsqu'un voyage à sa recherche nous promet de si douces jouissances.

— N'ayez alors aucune crainte à cet égard. Soyez bien persuadé que vous ne rencontrerez personne. Un château vide nous recevra. Bien heureux si nous trouvons lit et table : dans tous les cas, demain, nous devrons recommencer notre route et aller chercher d'un autre côté notre trop mystérieux ami.

Comme René achevait ces mots qui cachaient une plainte, la chaise s'arrêta et la tête d'un postillon se montra à la portière.

— Ces messieurs sont arrivés au château.

— Très bien ! très bien ! répondit Édouard avec satisfaction.

Et il sauta à terre. Son ami le suivit. Ils donnèrent des ordres pour que leur voiture fût soigneusement remisée au village, et ils songèrent ensuite à regarder la maison de Valliguière.

La nuit commençait à tomber, non pas une nuit obscure, mais une majestueuse nuit d'hiver, illuminée par une lune aux blanches clartés. Grâce à ce beau temps, ils purent se guider vers la masse noire qu'on leur avait indiquée dans l'ombre. Le chemin n'était pas long, mais en revanche très escarpé, et se déroulait comme un blanc ruban sous le regard de nos deux voyageurs.

— Hâtons le pas, disait Édouard d'une voix désolée, sinon le duc ne nous recevra peut-être pas. Ah ! est-ce dommage ! Dire cependant que son absence nous eût comblés de joie, puisqu'elle ouvrait un champ tout nouveau à une délicieuse série d'aventures !

— Soyez donc tranquille à cet égard, répondit René. Je vous assure que le duc n'y est pas.

— Croyez-vous

— J'en suis persuadé. Voyons, supposez-vous que si le maître était à la maison, les croisées ne brilleraient pas de tout l'éclat qui environne notre ami ? N'aurions-nous pas déjà rencontré quelque serviteur à sa livrée ?

— Vous avez peut-être raison.

Comme Édouard disait ces mots, ils étaient devant le château. Ainsi que l'avait fait remar-

quer René, aucune lumière n'éclairait la
sombre façade. Bloc obscur, perdu dans les
roches et dans les arbres, Valliguière se dressait
froid et altier comme les membres de la famille
qui portait son nom.

— Avais-je raison ? demanda René à son ami.

— C'est vrai, répondit Édouard.

— Vous verrez que nous ne trouverons même
pas une âme dans un corps pour nous donner
quelques renseignements.

— Personne ! C'est étonnant.

Et tout en murmurant ces paroles entre ses
dents, Édouard cherchait quelqu'un ou quelque
lumière. Ils firent vainement le tour du bâtiment.

— Rien n'est donc clos ici ! disait René.
Voyez donc, un parc sans mur et sans haies. Si
l'intérieur est aussi abordable que l'extérieur,
il est assez facile de visiter la demeure des
Valliguière.

— On ne peut vraiment, reprit Édouard, se
rendre compte de l'état de cette superbe bi-
coque. Est-elle debout ? est-elle en ruines ?

L'incertitude d'Édouard était permise. En
considérant avec attention, à cette heure de la
nuit, le château, qui d'abord avait paru en fort

bon état, on découvrait que les murs étaient lézardés, qu'en plusieurs endroits, il suffisait d'un faible mouvement pour déplacer les pierres et les faire rouler, et que les pavillons des angles étaient veufs de leurs créneaux.

— Nous aurions dû demander des renseignements précis au village où notre voiture s'est arrêtée, dit enfin René après une longue observation.

Soudain un petit homme surgit entre les deux amis. Ils reculèrent, frappés d'abord par cette subite apparition. Édouard fut le premier remis, et s'avançant vers le nouveau venu, qui, sous les haillons dont il était couvert, semblait n'avoir gardé qu'une vieillesse décrépite :

— Le château est-il habité ? lui demanda-t-il.

— Seigneur Dieu ! non, répondit le vieillard d'une voix chevrotante. Ni habité, ni habitable, mon bon monsieur.

— Pourrions-nous le visiter ?

— Comment un pauvre homme comme moi refuserait-il cela à des messieurs comme vous? Il faut bien que le pauvre monde gagne sa vie.

— Et vous gagnez la vôtre à montrer l'intérieur du château aux voyageurs ? Vous avez donc les clefs ?

— Non, mon bon monsieur, répondit le vieillard avec défiance ; mais il y a une porte toujours ouverte.

— Conduisez-nous, reprit Édouard.

Sur l'ordre qu'on lui en donnait, le vieillard s'engagea dans un petit sentier qui rasait les murs du château. Édouard et René le suivirent.

— Il faut faire parler le bonhomme, dit René à l'oreille de son ami.

— C'est mon opinion. Mais le matois est rusé.

— Raison de plus. Nous serons encore plus rusés que lui.

En ce moment, le guide s'arrêtait devant une ouverture faite dans le mur. Il disparut quelques minutes et reparut bientôt, muni de deux torches allumées. Édouard en prit une sans mot dire, et, le vieillard tenant l'autre, les trois visiteurs passèrent par la brèche.

Un escalier se trouvait là. On en gravit les degrés. Au premier étage, Édouard et René entrèrent dans un vaste salon splendidement meublé. Le luxe de cette pièce les éblouit.

— Ah ça ! mon brave homme, s'écria tout à coup René en se tournant vers le guide, qui demeurait immobile à quelques pas de lui, quel métier faites-vous ? Etes-vous un des serviteurs de la maison, et qui vous a donné le privilège d'entrer dans ce château à toute heure et d'en sortir quand bon vous semble ?

— Seigneur Dieu ! mon bon monsieur, malheureusement que non, je ne suis pas un des serviteurs de M. de Valliguière. Mais que voulez-vous ? J'étais sans asile, le château se dégradait. Eh bien ! j'y ai pris un petit gîte pour moi, et, en revanche, j'y tiens le bon ordre et la propreté.

— Et empêchez-vous aussi les pierres de tomber ?

— Hélas ! je ne suis guère vigoureux. On fait ce qu'on peut, et j'ai déjà sauvé de la ruine tout un pan de mur du pavillon de gauche.

— Mais le duc de Valliguière vous devra un cierge, savez-vous ?

— Est-ce que monsieur connaît monsieur le duc ? demanda tout à coup le vieillard.

— C'est l'un de nos amis, répondit Édouard en montrant René.

— Seigneur Dieu ! Ces messieurs viennent de Paris ?

— Directement.

— Et ils y ont vu monsieur le duc ?

— Il y a quelques jours. Maintenant il est parti.

— C'est dommage. J'avais une grande grâce à lui demander.

— Laquelle ?

— Messieurs, je vous en prie, quand vous le verrez, dites-lui que le vieux Benoît meurt de faim dans son château. Oh ! il me connaît, monsieur, bien que je ne sois pas attaché à sa maison. C'est moi qui lui ai donné ses premières leçons d'armes.

— Alors, reprit René, vous pouvez vous vanter d'avoir formé un rude élève, et nous vous promettons de lui parler de vous.

— Merci, mes bons messieurs, reprit le guide en essuyant une larme que l'émotion avait mise sur sa joue.

— Dites-moi, mon ami, reprit Édouard, qui s'était étendu sur un divan, après avoir déposé sa torche dans l'un des grands chandeliers d'argent placés sur la cheminée, dites-moi, nous sommes très disposés à vous être agréables, monsieur et moi. Nous avons l'intention de vous laisser de bonnes marques de notre souvenir ; mais, pour cela, il faut que vous nous aidiez dans nos recherches. Tels que vous nous voyez, nous cherchons notre ami, qui a disparu de Paris sans nous faire d'adieux, ce qui est assurément fort mal. Pouvez-vous nous aider à le retrouver? En un mot, savez-vous où il est?

— Non, monsieur, répondit le vieillard. Il y a plus de dix ans que monsieur le duc n'a paru ici. Chaque année, un homme d'affaires, qui n'est pas du pays, vient passer au château vingt-quatre heures pour régler les comptes avec les fermiers, car ce château est entouré de propriétés d'un grand rapport; mais, malheureusement, notre cher monsieur n'y est jamais. J'ignore où il habite.

— Ah! il y a un homme d'affaires? Comment le nommez-vous?

— Moi, monsieur, je ne connais même pas son nom. Mais au village, on vous le dira.

René s'approcha d'Édouard.

— Édouard, lui dit-il à voix basse, c'est par le village que nous aurions dû commencer. Nous aurions trouvé à l'auberge de l'endroit des renseignements exacts. Par ce vieillard, nous n'apprendrons rien.

— Vous avez raison, répondit Édouard, et du

moins nous aurions dîné ; car nous n'avons pas songé à dîner, mon ami.

— Tiens, je l'avais oublié, s'écria René.

— Allons-y donc, malheureux que nous sommes, ou bien il sera trop tard, et nous n'aurons ni dîner ni gîte.

— Ces messieurs ne veulent pas voir les portraits ? leur demanda le cicérone, en les voyant se lever précipitamment.

— Ah ! il y a des portraits ? fit Édouard en s'arrêtant tout net. Des portraits ! Diavolo ! Cela vaut la peine de se passer de dîner. Qu'en dites-vous ?

— Je dis, s'écria René, que vous me ferez devenir fou ! Voilà que vous venez de m'offrir un bon dîner, et maintenant vous me servez des portraits.

— Est-ce à moi à relever sans cesse votre courage ? N'est-ce pas vous qui, le premier, avez parlé de ce voyage, qui m'avez entraîné, en vous nommant vous-même avec moi ? Aujourd'hui je vois une occasion de nous mettre sur la voie de ce que nous cherchons...

— Comment ?

— Eh pardieu ! ces portraits ; qui vous dit qu'ils ne nous apprendront rien ?

— Voyons, Édouard, je suis un soldat sans
valeur; vous un brillant général. Pardonnez-
moi donc, et allons voir vos portraits.

Les deux jeunes gens se tendirent la main
cordialement en souriant, et suivirent leur
guide. Celui-ci les introduisit dans une grande
galerie semi-circulaire, dont les murs n'avaient
d'autre ornement qu'une longue file de tableaux.
Ceux-là ressemblaient à tous les portraits de
famille. C'étaient tous les Valliguière, hommes
et femmes, cardinaux et abbesses, chevaliers
et héroïnes, depuis dix siècles. Ils étaient tous
là, dans cette raideur naïve que leur avaient
donnée les peintres du temps. Édouard et René
s'arrêtèrent émus devant ces images des générations passées. Ils lurent avec respect les ins-
criptions qui portaient le nom, les qualités, la
date de naissance et la date de mort du personnage que chaque portrait représentait. Mais ce
qui les frappa surtout, ce fut un délicieux portrait de femme, occupant le centre de la galerie,
c'est-à-dire la place d'honneur. Ils s'approchèrent.

Cette femme était jeune, blonde et vêtue de
blanc. Elle était fort belle. Le peintre l'avait
représentée dansant seule. Ses bras s'éten-

daient mollement, et de ses mains, à demi fer-
mées, s'échappaient des roses et des violettes.
Les yeux presque clos se fixaient langoureuse-
ment sur un objet invisible, mais dont l'aspect
devait suffire à faire battre son cœur. Les cheveux flottaient au vent, et les vêtements dessi-
naient un corps fait au moule dans lequel ont
été coulées les Vénus de l'antiquité. Quelle
était cette femme ? Voilà ce que les deux amis
ne devinaient pas. Ils cherchèrent l'inscription;
elle était absente. Alors Édouard monta sur
une chaise, et, décrochant la toile, il en regarda le dos. L'inscription était là, mais elle
ne portait que ces mots : *Château de Lamôle*
1795. Édouard le montra à René, et, remettant
le tableau en place, il descendit.

— Cher, retenez bien cela : château de Lamôle. Maintenant, nous n'avons plus qu'à connaître la situation dudit château. L'homme
d'affaires dont ce vieillard a parlé pourra nous
l'indiquer. C'est égal, notre visite est étrange !

— Très étrange ! murmura Réné.

Tandis que les deux jeunes gens échangeaient
ainsi leurs réflexions, Benoît comptait derrière
eux l'or qu'ils lui avaient donné et ne perdait
aucune de leurs paroles. Quelques instants

après, il reconduisait presque sur la route les visiteurs nocturnes, et revenait en toute hâte vers la galerie des portraits où nous allons le laisser, livré sans doute à de graves occupations.

IV

Il était environ minuit. Dans une chambre bien chaude et bien close de la petite auberge du village de Valliguière, trois personnes étaient assises autour d'une table couverte encore des restes d'un excellent souper. Il y avait d'abord nos connaissances, René de Morieux et Édouard d'Aussay, et ensuite un monsieur, approchant de la cinquantaine, parfait de manières, et dont la tenue rappelait assez celle d'un procureur. C'était M. Andrard, l'homme d'affaires et l'intendant de la maison de Valliguière. Un hasard providentiel l'avait mis sur la route d'Édouard et de René, au moment où ils revenaient du château, et ils s'étaient empressés de l'inviter à souper, offre que M. Andrard avait acceptée avec reconnaissance, venant d'amis du duc de Valliguière.

— Vous m'étonnez beaucoup, messieurs, disait-il en digérant posément son repas, en me disant qu'un homme de la campagne a établi son domicile dans le château. Je ne comprends vraiment pas comment il a pu y entrer.

— C'est bien simple, répondit René, qui, laissant Édouard aux tumultueuses pensées que lui inspirait toujours un vin choisi, faisait seul les frais de la conversation : cet homme ne pouvait entrer par la porte ; mais le mur se démolissait, il est entré par le mur.

— Dès demain, je préviens la gendarmerie, et je fais arrêter mon homme dans son fromage.

— Monsieur, vous ne ferez pas cela !

— Et pourquoi donc? N'est-ce pas un vol, un...?

— Mais non, pardieu ! Savez-vous comment ce brave homme...

— Brave homme ! Vous êtes beaucoup trop bon.

— Ce brave homme, je maintiens le mot. Savez-vous comment il paye l'hospitalité qu'il s'est offerte?

— Je serais curieux de le savoir.

— Eh bien, monsieur, il répare les murs qui
menacent ruine. Grâce à lui, ce vieux château,
que les maîtres ont abandonné depuis dix ans,
que vous ne pouvez peut-être surveiller, ne
tombera pas en décrépitude. Les murs qui
s'affaissent sont relevés, les pierres qui s'ébou-
lent reportées à leur place. Comprenez-vous le
service que vous rend le vieux Benoît?

— Ah! il s'appelle Benoît?

— Benoît.

— Eh bien, mais nous verrons à faire quelque chose pour lui. Je ne lui en veux pas, et
puisque vous vous intéressez à sa position, je
consens bien volontiers à le laisser tranquille.

— Allons donc, vous voilà de mon avis; je
ne vous croyais pas si cruel.

— Que voulez-vous, monsieur, il faut de la
sévérité.

— Soit, mais pas trop. — A propos, reprit
René en souriant, savez-vous où est le duc en
ce moment?

— Non, monsieur, et je ne le sais que rare-
ment. Il y a peu de jours, le duc m'a fait appeler
à Paris pour mettre son hôtel en vente, pour
congédier le personnel de sa maison; cela fait,
il m'a donné l'ordre d'envoyer, poste restante

à Paris, ses lettres et ses journaux, et ensuite...

— Ensuite ? demanda René avec anxiété.

— Il a disparu, comme cela lui arrive assez souvent.

— Et vous ignorez où il réside ?

— Dans les cas dont je parle, M. le duc ne me dit jamais où il va.

Ces mots furent prononcés par M. Andrard d'un ton si naturel que René dut se croire satisfait. Il arrêta donc ses questions. Cependant, après un silence, il reprit :

— Ne pensez-vous pas que le duc soit à son château de Lamôle ?

L'intendant leva la tête d'un air étonné.

— M. le duc dans son château de Lamôle ! dit enfin M. Andrard. Mais il n'a aucune propriété de ce nom-là.

— En êtes-vous sûr ?

— Comment, si j'en suis sûr ! Mais, monsieur, songez donc que, depuis trente ans, je fais tous les achats et toutes les ventes de la maison de Valliguière, que toute sa fortune passe annuellement dans les mains que voilà, qu'à mille francs près, je connais l'emploi de tout l'argent que je remets à M. le duc. Comment aurait-il pu acheter une terre sans que je le sache ?

Comment l'aurait-il payée? Il ne peut pas se passer de moi.

— Monsieur Andrard, vous êtes un homme précieux.

— C'est ce qu'on veut bien me dire quelquefois, répondit à ce compliment M. Andrard, mais non sans rougir d'orgueil.

— Et on a raison, reprit René. Pour moi et pour mon ami, nous nous trouvons fort honorés de votre présence à notre table, ce soir.

M. Andrard comprit que c'était son congé. Il se leva, salua et allait se retirer, lorsqu'un mot de René le retint encore.

— Songez bien, monsieur, dit celui-ci, que vous m'avez promis la grâce du vieux Benoît.

— Il l'a, monsieur, il l'a, soyez-en sûr.

Sur ces mots, Andrard se retira. Resté seul, René se retourna vers Édouard. Édouard dormait d'un sommeil plus profond que celui du juste.

— Laissons-le dormir, pensa René, et demain...

Il ne tarda pas lui-même à imiter l'exemple de son ami.

Le lendemain, à l'aube, ils étaient sur pied, pleins de confiance dans l'avenir.

— Nous trouverons, cher ami, dit René à

Édouard, nous trouverons. Le château de La-môle n'appartient pas aux Valliguière, et M. Andrard ne sait pas ce que c'est.

— Il vous l'a dit ?

— Oui, hier, tandis que vous dormiez à table après boire, je veux dire après souper ; mais c'est égal, j'ai de l'espoir, je ne sais pourquoi.

« Quelque chose vous dit de reprendre courage. »

— Absolument comme dans le *Petit Savoyard*. J'admire, mon ami, j'admire cet enthousiasme, qui sied bien à la jeunesse. Mais cependant, si le guide d'hier ne sait rien, si le régisseur ne sait rien, si nous ne savons rien nous-mêmes, je ne vois guère à quelle découverte nous marchons. C'est qu'un Valliguière qui se cache, j'ai compris cela, est encore plus difficile à trouver qu'un monde.

— Alors c'est difficile, j'en conviens. Mais ce qui m'étonne, c'est la manière dont vous accueillez mes espérances. Quoi ! lorsque hier vous-même étiez si encouragé !

— Un moment ! je le suis encore. Seulement, je dis que jusqu'ici nous nous sommes conduits un peu maladroitement, et qu'à cette heure, il faut agir avec une prudence extrême et...

— Mon ami, s'écria René, restez poète, je vous prie, et laissez-moi la prudence. Nous disons que la première chose à faire est de découvrir ce lieu perdu qu'on nomme le château de Lamôle.

— C'est cela même.

A ce moment, on frappa à la porte. Édouard alla ouvrir, et le mendiant du château, leur guide de la veille, apparut à leurs regards étonnés.

— Le vieux Benoît ici ! s'écrièrent-ils ensemble.

— Moi-même, mes bons messieurs. — Le vieillard s'arrêta pour souffler. — Que me donnerez-vous, dit-il tout à coup, que me donnerez-vous si je vous indique le château de Lamôle ?

— Tu sais où est le château de Lamôle ?

— Je le sais depuis une heure : que me donnerez-vous si je vous indique sa situation ?

— Cinq cents francs et un bon conseil, répondit Édouard.

— Où est le conseil ? où est l'argent ? demanda notre homme en tendant la main et l'oreille.

La première fut aussitôt remplie par une poignée de louis.

— Voici les cinq cents francs, reprit Édouard. Le conseil viendra après ta confidence.

4

— Soit ! écoutez-moi donc et écrivez, si bon vous semble. Le château de Lamôle est en Bretagne, sur les bords de la mer, dans un pays désert et couvert de rochers. Ce château est une merveilleuse chose. Le duc de Valliguière l'habite sous le nom de George Osborne. Allez à Saint-B..., rue Basse, demandez M. Jacques Fleury, prononcez devant lui le nom supposé du duc, et le lendemain vous serez à Lamôle. J'ai dit.

— Et du moins n'as-tu pas menti ? reprit Édouard.

— Je jure que j'ai dit la vérité.

— C'est bien. Alors voici le conseil que j'ai à te donner. M. Andrard, le régisseur de Valliguière, est arrivé. Comprends-tu ?

— Je comprends, et je vous remercie. M. Andrard ne me découvrira pas. Mes bons messieurs, votre serviteur !

— Attends, dit Édouard en cherchant dans sa poche. Tiens, voilà encore pour toi.

Et il lui mit de l'or dans les mains. Le vieillard remercia et sortit.

— Ah ! s'écria René, vous êtes trop poète. Six cents francs un tel secret, c'est trop cher.

— C'est pour rien,

— Cet homme croit que nous en voulons au duc, et il agit par vengeance.

— En êtes-vous sûr?

— Très sûr. Sans cela, serait-il venu nous livrer le secret de son ancien élève?

— Il ignore l'importance que ce secret a pour nous.

— Le prix que nous en avons donné suffit à la lui révéler.

— En ce cas, vous avez raison, j'ai payé trop cher. Mais tranquillisez-vous, le mal n'est pas grand ; nous n'avons qu'à partir, aller à Saint-B..., demander M. Jacques Fleury, rue Basse, lui souffler le mot d'ordre : Osborne, et il nous conduira à Lamôle.

— Partons donc !

Cinq minutes après cet entretien, Édouard et René se mettaient en route. Au moment de partir, ils virent M. Andrard accourir vers eux.

— Un mot seulement, messieurs, leur dit-il. J'ai revu mes livres. M. de Valliguière ne possède et ne peut posséder à cette heure ni château, ni ferme, ni terre du nom de Lamôle.

— Merci de vos renseignements, reprit Édouard. Vos serviteurs, monsieur ! Postillon, route de Bretagne.

V

On mit huit longs jours pour aller de Valliguière en Bretagne. Édouard et René ne quittèrent les coussins de leur voiture que pour
prendre leurs repas dans les auberges de la
route. Ils dormaient en voyageant, et Dieu sait
de quel sommeil ! Aussi arrivèrent-ils à Saint-
B... dans un état déplorable : brisés, moulus,
n'ayant plus la force de mettre une idée après
l'autre...

— Ah ! disait Édouard en s'étendant doucement dans son lit, quel état que le nôtre ! Quel
abattement ! Pour moi, je veux rester couché
trois jours durant, pour réparer le temps perdu.
Quel voyage !

— Un rude voyage, en effet, répondait René

de la chambre voisine, en essayant de s'endormir. Parlez-moi des excursions aventureuses et de huit jours et huit nuits de poste. Ouf ! quelle courbature !

Ils ne dormirent cependant que quinze heures, et, au bout de ce temps, se déclarèrent suffisamment délassés.

— Il s'agit maintenant de voir le sieur Jacques Fleury, dit Édouard.

— Oui, mais je demande à être seul chargé de ce soin : vous êtes poète, vous, et les poètes, — voyons, n'allez pas vous fâcher, — les poètes manquent de flair.

— Vous me jugez mal, mon ami. Mais peu importe, je sacrifie mes vanités au bien commun. Songez seulement que, dès aujourd'hui, notre tâche devient plus difficile. Le duc se cache, pour nous comme pour les autres, et on voudra nous taire le lieu de sa résidence. Jusqu'ici, nous pouvions impunément manquer d'habileté ; maintenant, cela ne nous est plus permis.

— Voilà tout juste ce que je pensais, et je ne l'aurais pas si bien dit. Veuillez donc vous reposer sur moi du soin de trouver M. Jacques Fleury.

Sur ces mots, René se dirigea vers la rue Basse, qui lui avait été indiquée.

— La maison de M. Jacques Fleury ? demanda-t-il à un boutiquier qui le regardait passer comme une bête curieuse.

— Voilà, monsieur, lui répondit-on en lui montrant un petit mur percé d'une ouverture que remplissait une porte en chêne, peinte en noir.

René alla frapper à cette porte. Une petite fille vint ouvrir.

— Monsieur, que désirez-vous ?

— Je voudrais parler à M. Jacques Fleury.

— Il est absent pour un mois.

Et sans plus de cérémonie, la petite fille, ayant répondu, allait fermer la porte sur le nez de René.

— Doucement, doucement, jeune sauvage, répondit celui-ci en la retenant.

— Mais que voulez-vous donc, monsieur ? s'écria l'enfant, effrayée de la résistance de René.

— Vous faire un cadeau, ma belle enfant.

Et le jeune homme cherchait dans sa poche quelque monnaie.

— Un cadeau à moi ! Je n'en veux pas, monsieur. Papa m'a défendu d'accepter, sous peine des plus grands malheurs.

— Incorruptible ! pensa René en tenant toujours la porte avec son pied. Je tombe bien.

— Monsieur, s'écria tout à coup l'enfant avec énergie, si vous ne me laissez pas fermer, je me mets à crier : Au secours !

— Je vous fais donc peur ?

— Papa m'a défendu de causer au dehors avec des gens que je ne connais pas.

— Alors entrons chez vous.

— Vous n'entrerez pas, dit la petite en se mettant dans le milieu de la porte. Papa le défend aussi.

— Le diable soit de la fille ! s'écria René. Aimable père, aimable enfant ! Quelle éducation !

— Voulez-vous vous en aller, monsieur ? Une fois...

— Mais écoutez-moi, je viens pour une affaire importante.

— Repassez dans un mois, deux fois...

— C'est pressé. Faites-moi parler à quelqu'un.

— Je suis seule ; trois fois, vous ne partez pas ? Au secours !

—Je pars, je pars. Je n'aime pas le bruit. Mais...
René cherchait sa phrase au milieu de ce
trouble, quand la porte se ferma violemment,
et il demeura seul dans la rue.

— Hospitalité bretonne, murmura-t-il, tu
n'es qu'un nom ! Que dire à Édouard ? Il va se
moquer de moi. Il y a de quoi, en effet. Triple
brute que je suis ! me voilà dans de beaux
draps ! Attendre un mois M. Jacques Fleury,
qui sûrement viendra se coucher ce soir. Non,
je n'en aurai pas le démenti. Je le trouverai, je
l'arrêterai au passage, dussé-je le guetter ici
jusqu'à son retour.

Cette résolution prise, René allait chercher
un lieu propice pour y monter sa faction, lorsqu'il demeura fort surpris, en voyant venir à
lui Édouard suivi d'un personnage qu'il ne
connaissait pas.

— Quel est ce monsieur ? se demanda René.
Édouard aurait-il été plus adroit que moi ? Ce
serait humiliant. Eh bien, tant mieux ! je n'ai
que ce que je mérite. Cher, cria-t-il à Édouard,
dès que celui-ci fut à portée de sa voix, je n'ai
pas de bonheur. Personne !

Édouard ne répondit que par un sourire qui
fut une révélation.

— Il a trouvé! telle fut la pensée de René.
Édouard la confirma en peu de mots.

— Je vous présente M. Jacques Fleury, dit-il
à son ami. Mon ami M. René de Morieux,
ajouta-t-il en se tournant vers Jacques Fleury.

Celui-ci salua René, qui était demeuré stupéfait.

Édouard reprit :

— J'ai eu le plaisir de rencontrer monsieur
tout à l'heure. C'est le hasard qui nous a rapprochés, le nom de notre ami, M. Osborne, jeté
dans la conversation au café. M. Fleury veut
bien nous tirer d'embarras en nous conduisant,
dès aujourd'hui, au château de Lamôle.

— Mais certainement, messieurs, puisque
mon maître vous y attend.

René allait répondre. D'un signe Édouard
l'en empêcha.

— Quand partirons-nous? demanda-t-il.

— Je suis aux ordres de ces messieurs, répondit Fleury.

— Dans une heure alors, à l'hôtel.

— Dans une heure, soit.

Et Fleury disparut, tandis que René et
Édouard revenaient chez eux.

— Eh bien, mon cher, demanda le dernier,

croyez-vous que les poètes soient aussi fins que vous ?

— Ne m'humiliez pas, je vous prie, je suis honteux. Mais vous, comment avez-vous trouvé?

— Le flair, un pressentiment. Tout à l'heure, dans la rue, j'ai vu passer cet homme. Je me suis dit : C'est Jacques Fleury. Je l'ai suivi. Il est entré dans un café. Je m'y suis glissé avec lui, et là, j'ai peu à peu amené la conversation au point où je voulais la voir ; j'en ai profité pour l'interroger, et grâce au nom que le vieux Benoît nous a donné, j'ai eu de lui plus d'une confidence. Aujourd'hui nous verrons le duc, et, je crois, des choses extraordinaires.

— Vous savez quelque chose ?

— Rien ! mais je pressens.

Ils arrivèrent à leur hôtel et réparèrent leurs forces par un bon déjeuner.

— Ne buvez pas de vins fins, disait René à Édouard. Aujourd'hui, nous avons besoin de toute votre perspicacité.

— Soyez tranquille, mon ami, répondait Édouard en se versant de fréquents verres de vin de Bordeaux ; quand il le faut, j'ai la tête solide.

M. Jacques Fleury fut exact au rendez-vous.

Il amenait avec lui trois chevaux, y compris le sien. Chacun des jeunes gens en monta un, et la petite bande partit au galop.

Jacques Fleury était un homme de trente ans, fort et robuste comme un jeune chêne. Il se tenait droit sur son cheval, et il était facile de deviner qu'il avait l'habitude des longues courses. Il parlait peu, et sa physionomie, froide comme un marbre, ne laissait rien deviner de ce qui se passait dans son âme. Il galopait devant les deux amis, répondant par monosyllabes aux questions qu'ils lui faisaient sur le pays, sur le château, sur le duc et sur d'autres sujets pleins d'intérêt pour eux.

Après trois heures de route, on s'engagea dans un petit chemin, entre des rochers élevés, gorge sinueuse qui ressemble assez à un défilé des Apennins. Vers le milieu de ce dédale, Fleury s'arrêta.

— Messieurs, dit-il aux deux jeunes gens, vous voudrez bien descendre ici de cheval. Je vais emmener les bêtes, et vous m'attendrez. Personne ne passera. Ainsi vous serez parfaitement tranquilles.

— Aurons-nous longtemps à attendre? demanda René.

— Je n'en sais rien moi-même, peut-être un quart d'heure, peut-être plusieurs heures.

— Diable ! ce n'est pas gai. Et pourquoi cette station ?

— Je ne puis vous le dire, monsieur, répondit Fleury. Mais soyez en paix. Votre ami et vous, vous êtes confiés à moi, il ne vous arrivera rien.

— Nous ne craignons rien non plus, s'écria fièrement Édouard.

Fleury s'inclina et disparut bientôt.

Les jeunes gens se promenaient de long en large en l'attendant. Mais au bout d'une demi-heure, il n'était pas revenu.

— M'est avis, dit Édouard, que nous sommes en quarantaine et réduits à attendre plusieurs heures que notre ami veuille nous recevoir. Il devrait avoir cependant une autre antichambre que celle-ci.

— Oui, il nous traite d'un peu haut, fit remarquer René.

— Songez qu'il ne nous attend pas et ne peut nous deviner ici. Sans cela, il serait venu à notre rencontre, et à cette heure, nous serions chaudement installés dans son château.

— A supposer cependant que notre présence lui soit agréable, ce qui n'est pas certain.

— Notre présence, mon cher ami, lui déplaira beaucoup, c'est évident.

Après avoir dit ces mots, Édouard, levant les yeux au ciel, se mit à examiner les rochers entre lesquels lui et son ami se trouvaient resserrés. Des deux côtés, c'étaient des pierres grises. Seulement, les rochers de gauche étaient dénudés, tandis que ceux de droite se montraient, au contraire, couronnés de haies très hautes et très épaisses.

— Il me semble, dit tout à coup Édouard, que, si l'on pouvait grimper là-haut, on verrait un splendide panorama.

— Oui, mais on ne peut guère y arriver.

— Pourquoi ? Ce n'est pas impossible, et je veux tenter l'ascension.

— C'est difficile ; mais je vous suis, répondit René. Je veux partager votre imprudence.

Les deux jeunes gens n'hésitèrent pas une minute, et s'élancèrent, se tenant par la main, pour mieux gravir la roche abrupte. L'escalade n'était pas sans danger. A chaque instant les pierres s'éboulaient sous leurs pieds, et il ne fallait qu'un faux pas pour que l'un d'eux fût entraîné dans l'éboulement. Ils se retenaient avec des peines infinies aux plantes qui croissaient à regret dans les crevasses du roc. Souvent ces plantes se détachaient sous l'effort qu'ils faisaient pour y demeurer suspendus; ils se trouvaient alors quelques secondes sans point d'appui, entre terre et ciel, pris de vertige, et ils seraient tombés, sans une force extraordinaire de volonté.

Vers le milieu de la route, ils s'arrêtèrent pour reprendre haleine, et, jetant un regard au-dessous d'eux, ils purent embrasser, d'un seul coup d'œil, la distance qu'ils venaient de parcourir. Ils reconnurent avec plaisir que le plus difficile était fait, et qu'à mesure qu'on approchait du sommet de la montagne, l'accès en devenait moins périlleux. La route semblait tracée, et ce n'était plus qu'une affaire de quelques minutes.

— Je ne vous cacherai pas, mon ami, dit alors Édouard, dont la nature poétique reprenait toujours le dessus, qu'en approchant du sommet de ce roc, le cœur me bat avec une violence extraordinaire; l'émotion me coupe la voix et m'a donné un grand coup de fouet dans les jarrets.

— Eh! mon Dieu, demanda René, non sans ironie, pourquoi ces battements de cœur, cette émotion? Seriez-vous malade?

— Quoi ! vous ne me comprenez pas ? Quoi !
vous ne pressentez pas que nous allons découvrir tout à l'heure ?...

— Vous allez découvrir la mer, tout simplement, un beau spectacle ; mais c'est tout. La
mer, pas autre chose.

— En êtes-vous sûr ?

— J'ai dix fois, dans ce pays, gravi des
rochers de ce genre, et c'est toujours la mer
que j'ai rencontrée après l'ascension.

— Ah !...

Cette exclamation sortie de son gosier,
accompagnée d'un geste, Édouard se leva.

— En route ! s'écria-t-il.

Et ils continuèrent à gravir.

Ils s'arrêtèrent tout à coup. Ils étaient arrivés
devant les hautes broussailles qu'ils avaient
aperçues d'en bas, et qui formaient, à la plateforme sur laquelle ils se trouvaient, une sorte
de parapet très nécessaire, car la montagne
était taillée à pic de l'autre côté. En jetant un
regard au-dessus de ces broussailles, ils furent
frappés par le spectacle grandiose qui s'offrit à
leurs yeux et ne purent retenir un cri mélangé
d'admiration et d'effroi.

L'Océan était devant eux. Il semblait battre

les pieds du rocher qu'ils ne pouvaient voir. Cette immense nappe d'eau, grosse et soulevée, s'étendait dans l'infini et allait confondre avec l'horizon bleu ses vagues amoncelées. La mer paraissait se balancer dans son lit et balancer avec elle les navires dont les voiles passaient au loin. Enfin, pour compléter ce panorama, le soleil, dans tout son éclat, brillait sur les flots, dont il dorait la surface et dans lesquels il allait disparaître.

— Que c'est beau ! s'écrièrent ensemble Édouard et René.

— Ah ! dit le premier en riant, je vous prends en flagrant délit d'admiration devant un spectacle de la nature.

— Il n'y en a guère qui ressemblent à celui-ci, répondit René.

— Je ne veux pas vous faire de la poésie ; sans cela, je soutiendrais le contraire. Celui-ci est l'un de ceux qui parlent le plus à l'âme, c'est vrai ; mais la nature vous en réserve d'autres qui ne sont pas moins sublimes.

— Je le crois, je le crois.

— Si vous êtes convaincu, je m'arrête.

Il y eut un moment de silence.

— Je voudrais bien, dit alors Édouard, savoir

ce qui peut exister au pied du rocher sur lequel nous sommes en ce moment.

— Mais vous venez de le voir : la mer, la vaste mer !

— Non ! ne croyez pas cela. Immédiatement au-dessous de nous, il y a autre chose que la mer.

— Tiens, tiens ! fit René, c'est une idée, cela : autre chose que la mer ! Il s'agit de s'en convaincre.

Et les voilà tous les deux, cherchant dans les broussailles épaisses une ouverture par laquelle il fût possible de passer la tête. A force de chercher, ils trouvèrent un endroit du taillis, moins fourré que le reste.

— Voilà notre affaire, dit Édouard.

Et, tirant un couteau de sa poche, il tailla, non sans peine, à droite et à gauche, les branches des buissons, ce qui fit en quelques instants un œil-de-bœuf fort coquet. Il mettait la dernière main à son opération, lorsqu'une musique mélodieuse s'éleva dans les airs.

— Ciel ! s'écria René en regardant vainement autour de lui.

— Nous sommes sûrement au pays des fées ! répondit Édouard. Quelle idée ! s'écria-t-il tout à coup.

5

Et, passant sa tête dans la lucarne qu'il avait
ouverte, il resta quelques instants dans une
attitude immobile.

Bientôt il se retourna et montra à René un
visage à la fois pâle et émerveillé. A son tour,
René alla se mettre au poste d'observation, et
là il fut témoin d'étranges choses. La musique
ne s'arrêtait pas, et les échos en redisaient les
accents mélodieux . . . .

Quelques instants après, les deux amis,
silencieux, sombres, perdus dans leurs pensées, redescendaient les flancs de la montagne
pour aller retrouver la place où M. Jacques
Fleury les avait laissés.

VI

C'est une bizarre histoire que celle de la maison de Valliguière, une histoire qu'il n'est pas facile de raconter dans tous ses détails, tant elle offre de traits surprenants, mais que, pour l'intérêt de notre narration, nous allons essayer de résumer en peu de mots. On ne sait guère à quoi s'en tenir sur l'origine de cette famille, dix fois séculaire. On la croit d'Espagne, et établie en France depuis l'année 1459 seulement. Son nom n'est, du reste, guère attaché aux souvenirs de la monarchie. A peine si l'on rencontre çà et là un duc de Valliguière qui vient, par sa valeur et son esprit, prouver que sa race n'est point éteinte et n'a pas dégénéré. Après cela, ils vivent tous retirés dans leurs terres, au fond du Midi, assez étrangers aux événements. La révolution elle-même ne parvient pas à les arracher à leur indifférence et passe sur leurs têtes sans les atteindre.

Voilà l'histoire publique de la maison. L'histoire intime est plus curieuse. Tandis que les rois de France, en guerre ou en paix, s'entouraient de toute leur noblesse, les Valliguière seuls, parmi les grands seigneurs, demeuraient éloignés du trône. On ne s'expliquait pas leur conduite et on se plaisait à l'oublier, sans en chercher le motif. Le motif était simple pourtant. Riches, indolents comme les rois paresseux, chagrins par dégoût du monde et des affaires, ils avaient toujours vécu, calmes dans leurs châteaux, presque en dehors des lois, ne connaissant et ne comprenant que leurs caprices, et renfermés avec eux-mêmes et avec leurs plaisirs.

Ils eurent tous de vives passions ; mais la plus vive fut pour l'art de la danse. Pendant plusieurs siècles, cette passion se transmit, avec le sang, à chaque héritier. Ce serait peut-être ici le cas d'étudier un des faits les plus curieux qui se soient produits dans l'histoire de la science médicale, mais il faudrait, pour l'entreprendre avec quelque succès, une érudition toute spéciale. C'est dans le tempérament, en effet, qu'il faut rechercher les causes de cet amour sans exemple pour la danse, qui porta toute cette illustre maison aux plus extravagantes folies. Les ressources de leur intelligence aussi bien que leur colossale fortune, les Valliguière, pendant dix générations, consacrèrent tout à la passion qui semblait les faire vivre. Indifférents aux plus brillants faits de leur temps, absorbés sur un seul objet, capables de tout, même d'un crime, — pour réaliser un seul des désirs que leur imagination en délire venait à concevoir, — ils attiraient chez eux, par tous les moyens, — séductions et menaces, — les danseuses les plus célèbres, et les gardaient, les entourant de respects et d'hommages, pourvu que chaque jour elles payassent d'un beau spectacle l'hospitalité royale de leurs amphitryons ou de leurs geôliers.

Maintenant, est-ce à une aptitude exceptionnelle des organes qu'était due la passion dont cette histoire va essayer de raconter les effets? C'est une question à laquelle nous ne répondrons pas. Nous ne sachions pas que jamais le cadavre d'un Valliguière ait été soumis à une autopsie, et que sur le crâne désossé, un homme de l'art ait cherché à découvrir la source des dispositions étranges que nous signalons. Il nous serait donc difficile d'expliquer ce que nous ne comprenons pas. Nous racontons un fait, sans nous charger d'en indiquer les causes.

Lorsque la révolution vint jeter la terreur dans les rangs de la noblesse française, les Valliguière ne voulurent pas émigrer. Ils achetèrent, en Bretagne, un château perdu dans les rochers, sur le bord de l'Océan. Ils y installèrent des serviteurs qui n'en devaient jamais sortir, et mirent toute leur confiance dans un brave homme qui répondait au nom de Fleury, et qui ne la trompa jamais. Ce fut ainsi que les Valliguière purent continuer la vie mystérieuse qu'ils aimaient. En 1835, le vieux Fleury mourut, laissant à son fils, Jacques Fleury, avec lequel nos lecteurs ont déjà fait connaissance, la confiance que ses maîtres avaient mise en lui. Le fils se montra digne de son père et devint le conseiller, presque l'ami du jeune duc de Valliguière.

C'est ce même duc de Valliguière qui, pendant trois ans, avait ému Paris par le bruit de

ses prodigalités, par l'originalité de sa conduite, et, en même temps, par son respect
presque exagéré pour les femmes. C'est lui qui
venait de disparaître tout à coup et à la recherche duquel Édouard et René s'étaient mis
aussitôt.

Hector de Valliguière avait alors trente-deux
ans. Au physique, c'était un grand jeune
homme, plutôt brun que blond, maigre et doué
de beaux yeux vert de mer, ce qui ne laissait
pas de donner à sa physionomie un air tout à
fait étrange. Au moral, il ressemblait à ses
aïeux. Comme eux, il était original à l'excès,
assez fantasque, peu communicatif, et pas-
sionné comme on ne l'est guère. Cependant,
durant les années qu'il avait passées à Paris,
on ne lui avait connu ni maîtresses, ni intrigues
amoureuses. Il possédait, en revanche, les plus
beaux chevaux du *turf*; au Bois, nul attelage
n'éclipsait le sien, et il n'eût tenu qu'à lui d'être
le héros de l'une de ces aventures mystérieuses que Balzac a racontées dans la *Fille
aux yeux d'or*. Il ne le voulut pas.

En revanche, toutes les fois que le rideau de
l'Opéra devait se lever sur un ballet, on était
certain de voir M. de Valliguière, immobile,

dès le début, dans sa petite loge de face. Pendant tout le spectacle, l'accès de cette loge était interdit même aux amis les plus intimes. Mais ce n'était ni pour les danseuses ni pour leurs jambes qu'il venait avec autant d'assiduité ; il venait pour la danse, qu'il aimait par-dessus tout, et dont ses pères lui avaient transmis le goût excessif. Ce qui précède explique assez dans quel but il avait enlevé à l'Opéra deux des plus belles perles de son écrin, pourquoi il les avait emmenées avec lui, pourquoi enfin il les conduisait au château de Lamôle.

Comme nous l'avons dit, le château de Lamôle est situé en Bretagne, au bord de la mer. Sur une plage immense, on rencontre un groupe énorme de rochers qui forment de tous les côtés, excepté de celui qui fait face à l'Océan, un fort inexpugnable. C'est dans cet hémicycle, à l'ombre de ces redoutables barrières, que se cache le château de Lamôle, dans une position que personne ne peut deviner. Du côté de la mer, il est protégé par des récifs qui s'étendent à fleur d'eau à deux lieues de là, et que redoutent les pilotes les plus expérimentés. On y arrive par un petit sentier qu'il faut connaître pour ne point s'y perdre. C'est dans cette de-

meure, dont très peu de gens soupçonnaient
l'existence, que M. de Valliguière vivait, connu
dans le pays sous le nom d'Osborne, et c'est là
qu'il avait conduit Mlles Mérine et Stella.

Le duc de Valliguière n'habitait point seul
son château de Lamôle. Il y avait son père,
Fabrice de Valliguière, âgé de soixante-dix
ans, et le père de celui-ci, le vieux Roland de
Valliguière, presque centenaire. Ces deux
vieillards, derniers témoins des siècles éteints,
n'avaient rien perdu de leur ardeur et étaient
encore vigoureux. En les voyant, on les eût pris
pour deux frères, et on devinait quelle sève
vivace les attachait encore à la terre. Ils
aimaient beaucoup Hector, qui leur rappelait
si bien leur jeunesse, dans lequel ils n'avaient
pas de peine à reconnaître leur héritier, et qui
leur rendait largement leur affection. C'était
pour leur plaire qu'il leur avait amené Mérine
et Stella. Les vieillards ont des caprices.
Comme leur fils, comme leurs pères, les deux
Valliguière aimaient la danse avec folie. Voir
danser était pour eux la volupté suprême. Au
bruit de la musique, devant les femmes qui
passaient doucement, faisant mouvoir avec
grâce, avec variété, leurs bras et leurs jambes,

ils se sentaient revivre et rajeunir. En 1795, le
père d'Hector avait épousé une danseuse dont
le talent, la mollesse et la démarche aérienne
étaient inimitables. Hector était né de ce mariage, et c'était le portrait de sa mère que, sans
le savoir, Édouard et René avaient si fort
admiré dans la galerie du château de Valliguière. Ce trait peut prouver jusqu'à quel point
Roland et Fabrice de Valliguière aimaient l'art
divin, chéri des anciens. Aussi, pour charmer
leurs vieux jours, ils avaient réuni autour d'eux
dix danseuses de tous les pays.

Par la simple nomenclature de ces merveilleuses fées d'un art que nous ne savons plus,
on verra ce qu'il fallut aux Valliguière de patience, de ruse et même d'argent pour arriver
à former un corps de ballet aussi extraordinaire,
et que Mérine et Stella étaient destinées à compléter.

Il y avait deux Chinoises, une Malaise, une
Égyptienne, deux jeunes filles recueillies à
Rome, trois Espagnoles, qui prétendaient descendre de ces fameuses Gaditanes qui char-
maient les festins de Rome, et enfin une fille
de vingt-deux ans, brune et dorée comme un
rayon de soleil, nommée Ophélie, et pour la-

quelle Hector conservait une affection toute particulière. C'est à ces dix danseuses que les deux élèves de l'Opéra avaient été réunies. Leur arrivée fut une fête pour les vieux Valliguière. Ils n'attendaient plus que d'avoir douze danseuses pour leur apprendre une danse rapportée d'Égypte.

La danse astronomique, qui consistait à reproduire, par des pas assortis, par des mouvements variés et par des figures bien dessinées, l'ordre, le cours et l'harmonie des astres, plut d'abord à Mlles Mérine et Stella. Mais elles s'en lassèrent bientôt. Elles demandèrent à être renvoyées à Paris. Le séjour de Lamôle les ennuyait. On ne les écouta pas, et comme elles insistaient :

— Mesdemoiselles, leur dit le duc, je ne vous ai pas conduites ici pour vous renvoyer ensuite. Rien ne vous manque, soyez heureuses ; mais vous ne partirez pas. Vous êtes mes prisonnières.

— C'est infâme ! s'écrièrent-elles.

— Ne vous irritez pas ; surtout conservez cette grâce qui vous fait si belles, sinon c'est vous qui seriez le plus cruellement punies.

Sur ce mot, le duc les laissa à leurs réflexions,

et elles durent bien en passer par sa volonté.
Du reste, comme leurs camarades, elles étaient
traitées avec des égards du meilleur goût. Rien
ne leur manquait ; leurs moindres caprices
étaient satisfaits. Comme à des sultanes, on
leur accordait tout.

Chaque soir, elles descendaient, au coucher
du soleil, dans une prairie dont la verdure était
entretenue avec les plus grands soins, et qu'a-
britait en partie le rocher au sommet duquel
on a vu gravir Édouard et René. La mer s'étendait à perte de vue, et, au moment où le soleil
descendait dans les ondes, les douze danseuses,
guidées par les savants accords de violons et de
flûtes invisibles, s'abandonnaient à toute la
grâce de leur danse.

Il y avait quelque chose de fantastique dans
ces jeux poétiques aux bords des flots, sous les
voûtes sombres des collines. Ces jeunes filles,
charmantes comme dans un rêve, couronnées
de fleurs, vêtues de blanc et se laissant aller au
caprice inspiré qui semblait les enlever dans
les airs, on les eût volontiers prises pour des
fées, tour à tour bienfaisantes et allumées par
toutes les flammes de la colère, selon que les
instruments exprimaient la fureur ou la bonté.

Et tandis qu'elles passaient et repassaient, toujours plus séduisantes et plus belles, avec l'originalité de leur dansé et de leur beauté, le grand-père, le père et le fils, Roland, Fabrice et Hector, la vieillesse et la jeunesse, la faiblesse et la force, les cheveux blancs et les cheveux noirs, en un mot les trois ducs de Valliguière, assis sur de riches tapis, les admiraient, perdus dans une sorte d'extase, ne laissant pas échapper un seul de leurs mouvements, et s'abandonnant aux jouissances de la passion satisfaite.

Tel est le spectacle que du sommet de leur rocher, à travers les broussailles qui le dominaient, Édouard et René avaient entrevu quelques instants.

VII

Après avoir laissé dans les défilés de Lamôle les deux voyageurs qu'il conduisait au château, Jacques Fleury, tenant par la bride les trois chevaux qui les avaient amenés, se dirigea vers l'entrée principale. Il voulait, avant de guider Édouard et René jusqu'auprès de son maître, prévenir celui-ci de leur visite, et c'est dans ce but qu'il les avait priés d'attendre son retour.

Jacques Fleury, nous l'avons dit, était le conseiller, le confident, presque l'ami intime d'Hector de Valliguière. C'était sur lui que le duc se reposait du soin de ses affaires les plus secrètes. A toute heure du jour et de la nuit, Jacques pouvait arriver jusqu'à son maître, excepté cependant à l'heure où Hector assistait au spectacle de la prairie.

C'est à ce moment qu'il fit son entrée au château : il ordonna d'abord de conduire les chevaux aux écuries, et revenant ensuite vers le
domestique de confiance, il demanda M. le duc.

— M. le duc est encore à la prairie, répondit
cet homme.

— C'est bien, j'attendrai.

Sur ces mots, Jacques Fleury, comme un ami
de la maison, alla s'installer dans une petite
salle à manger, et là, se fit servir à dîner.

— Ma foi ! se disait-il, la bouche pleine, et
savourant à la fois les douceurs d'un bon repas
et celles d'un bon feu, tant pis pour mes voyageurs ! Ils attendront. Ils ont voulu venir aujourd'hui même. Je ne puis les introduire ici
sans avoir prévenu mon maître.

Ceci explique le retard qu'il avait mis à revenir chercher Édouard et René, et qui avait
permis aux deux amis de gravir le rocher de
Lamôle. Jacques terminait son repas lorsque
Hector de Valliguière entra. Le serviteur se
leva devant le duc, et s'inclinant :

— Bonjour, maître, lui dit-il.

— Bonjour, Jacques, répondit le duc en lui
tendant la main ; quoi de nouveau ?

— Rien, sinon l'arrivée de deux voyageurs.

— Des voyageurs ! s'écria le duc en fronçant le sourcil ; je n'attendais personne.

— Cependant, ils sont venus chez moi et ont dit le mot d'ordre. Dès lors, j'ai pu croire que vous étiez prévenu de leur arrivée.

— Je le répète, je n'attendais personne, et je trouve très étrange cette subite apparition. Ces voyageurs ont-ils dit leurs noms ? demanda ensuite Hector.

— Voici leurs cartes.

Et Jacques tendit à son maître les cartes d'Édouard et de René.

— Édouard d'Aussay et René de Morieux ici ! pensa Hector, c'est extraordinaire. Ma retraite est découverte. N'importe, il faut les recevoir. Jacques, ajouta-t-il, va chercher ces messieurs ; ils dîneront ce soir à ma table.

— Bien, maître, répondit Jacques.

Et il sortit.

Pour Hector, il alla prévenir son père et son grand-père du fâcheux contre-temps dont il était victime.

— Vous faites bien de recevoir vos amis, lui dit son père, c'est le plus sage parti. Le château est assez grand pour y cacher vos danseuses à tous les regards. Qu'elles ne sortent pas de leur pavillon, ni de la prairie. Personne n'ira les chercher en cet endroit. D'ailleurs, nous aurons soin qu'on surveille vos deux visiteurs.

Une heure après, Hector de Valliguière recevait chez lui Édouard et René. Avant d'entrer, celui-ci s'inclina vers son ami et lui dit tout bas :

— Je crois qu'il ne faut pas souffler mot de notre découverte de tout à l'heure.

— C'est bien mon opinion, répondit Édouard.

Le duc les reçut avec cette affabilité à laquelle il les avait accoutumés. Il trouva un prétexte pour couvrir le motif véritable de son prompt départ de Paris, et les engagea à passer quelques jours chez lui. Ils furent tout d'abord séduits par cet accueil plein de grâce, et René s'écria :

— Ah ! cher duc, je savais bien que vous ne pouviez avoir abandonné vos amis. Ce départ précipité ne pouvait être qu'une plaisanterie, et ce n'est pas sérieusement que vous aviez renoncé au séjour de Paris.

— Rien n'est plus vrai, cependant, répondit Hector, je ne retournerai pas de sitôt à Paris. Je suis venu vivre ici, me cachant autant que cela m'est possible aux regards des importuns,

6

ne recevant personne et ne m'écartant de cette règle que pour deux camarades tels que vous.

Édouard et René s'inclinèrent, et il y eut un moment de froideur entre ces trois personnes. D'une part, Hector se demandait comment ses nouveaux hôtes avaient pu découvrir sa demeure. Ceux-ci tremblaient, d'autre part, d'être interrogés sur ce sujet. Ils eussent été fort embarrassés pour répondre, ne pouvant avouer au duc qu'ils avaient acheté le secret du vieux Benoît. Cependant Édouard, se souvenant de ce que lui avait demandé le bonhomme, prit la parole :

— Nous avons trouvé à Valliguière un vieillard qui répond au nom de Benoît, qui prétend vous avoir donné des leçons d'armes et qui se recommande à vos bontés.

— Ah ! vous avez vu cet honnête Benoît, répondit froidement le duc. Vous êtes donc allés à Valliguière ?

— Pardieu ! s'écria étourdiment René, comment aurions-nous su, sans cela, que vous étiez ici ?

Un coup de coude d'Édouard lui fit comprendre qu'il avait trop parlé. Le duc sembla ne s'apercevoir de rien, et se levant :

— Vous devez avoir besoin de vous récon-
forter. On va vous conduire chez vous, et dans
quelques instants, la cloche vous appellera à la
salle à manger.

— Mon cher Hector, dit alors Édouard en
jetant sur sa toilette un rapide regard, nous
prendrez-vous ainsi à votre table ? Nos bagages
n'arriveront peut-être pas ce soir.

— Jacques aura songé à tout cela, répondit
le duc ; vous trouverez vos malles chez vous,
j'en suis certain.

En disant ces mots, il salua les jeunes gens,
qu'un domestique venait chercher. Il faisait
déjà nuit depuis longtemps, et cet homme, vêtu
de la somptueuse livrée de la maison de Valliguière, conduisit les deux amis, portant un
candélabre devant eux. Après avoir traversé
un grand corridor, le guide s'engagea dans un
escalier tournant, et s'arrêtant au deuxième
étage, il introduisit Édouard et René dans
leur appartement. Il y avait trois pièces, meu-
blées avec un grand luxe et de forme circu-
laire.

Édouard alla à la croisée et l'ouvrit ; une
bise glaciale lui coupa la respiration, et en
regardant, il devina la mer plutôt qu'il ne la

vit. La nuit était si profonde qu'on ne distinguait ni les eaux ni les cieux.

— Où sommes-nous ?

— Dans l'une des tours du château, répondit
le domestique. La mer l'environne de tous les
côtés.

Ce mot fit beaucoup réfléchir les jeunes gens.

— Diavolo ! fit Édouard lorsqu'ils furent
seuls.

— Les choses prennent une tournure bien
sombre, objecta René. Prisonniers ! car enfin
nous le sommes.

Édouard lui enleva la parole :

— Cher, pas un mot de plus. Voilà la cloche
du dîner. Ce soir, nous nous consulterons.

Ils trouvèrent leurs malles dans un coin,
s'habillèrent à la hâte, et leur domestique étant
revenu, ils descendirent à la salle à manger.

C'était une grande pièce dont les murs étaient
chargés de peintures. Le peintre avait puisé ses
compositions dans l'histoire de la danse. Sur le
mur de droite, on voyait le cardinal Hercule de
Mantoue, président du concile de Trente, ouvrant dans cette ville, en 1562, un grand bal
pour fêter l'arrivée du fils de l'empereur Charles-
Quint ; sur le mur de gauche, Socrate dansant

dans sa chambre et surpris par Charmidès, l'un de ses disciples. Ces peintures étaient traitées avec talent.

Le plafond, d'où descendait un lustre d'une grande richesse, était aussi peint de la même manière et représentait le bal donné par Louis XIV à l'occasion du mariage du duc de Bourgogne. Après avoir admiré ces splendides tableaux, Édouard et René remarquèrent qu'il y avait cinq couverts sur la table.

— Nous ne serons pas seuls avec Hector, dit le premier.

— Aurait-il d'autres visiteurs? demanda le second.

La porte s'ouvrit presque en même temps; un domestique parut et annonça :

— M. Fabrice de Valliguière.

Et le père d'Hector entra.

— M. Roland de Valliguière.

Ce fut au tour de son vieux grand-père. Et enfin :

— M. le duc de Valliguière.

Hector les suivait, et allant au-devant de ses amis, il les présenta aux deux vieillards, qui inclinèrent leurs têtes blanchies. Édouard et René éprouvaient la plus grande surprise. Le

repas fut somptueux : les services, d'argent
massif, étaient tous ciselés avec une perfection
digne de Cellini ; les mets étaient à la fois con-
fortables et recherchés ; quant aux vins, les
jeunes gens ne se souvenaient pas d'en avoir
bu de meilleurs. La conversation ne tarit pas
un instant. Roland de Valliguière, malgré son
grand âge, y prenait part avec une vigueur
d'esprit étonnante. Son fils faisait les honneurs
de la table, et Hector était le seul qui demeurât
silencieux.

Minuit sonnait, lorsqu'on se leva de table.
Édouard et René prirent congé de leurs amphitryons et furent reconduits chez eux. Mais,
cette fois, Hector les accompagnait et tint le
bougeoir jusqu'à la porte de leur appartement.
Là, il leur souhaita une bonne nuit et se retira.

Demeurés seuls, les jeunes gens se regardèrent avec stupéfaction. Puis Édouard s'enveloppa dans un manteau, alluma un cigare et
alla se mettre à la croisée. Pour René, il s'était
jeté dans un fauteuil, au coin du feu, qui flam-
boyait dans l'âtre. Ils avaient besoin, avant
d'échanger une seule parole, de mettre un peu
d'ordre dans leur cervelle, bouleversée par tout
ce qu'ils avaient vu dans cette journée. Son

cigare terminé, Édouard ferma la fenêtre et vint rejoindre son ami, non sans être impressionné par l'étrangeté du spectacle qu'offrait l'intérieur luxueux de leur appartement, comparé avec la surface agitée de l'Océan, qui fouettait avec violence les fondements de la tour. Il rompit le premier le silence, et s'adressant à son ami :

— Je vous avais promis, lui dit-il, des choses extraordinaires. J'espère que vous en avez eu.

— Je me demande, répondit René, si je ne rêve pas tout debout, si je ne suis pas le jouet d'une hallucination.

— Vous ne rêvez pas le moins du monde. Rien n'est plus réel que ce que nous avons vu : douze danseuses dans une prairie ; l'une d'elles est admirablement belle ; deux autres, Mlles Mérine et Stella, ont été enlevées à l'Opéra le jour où le duc a quitté Paris ; les autres enfin sont étrangères ; mais toutes dansent avec une grâce parfaite, dans une prairie, au bord de la mer, inaccessible lorsqu'on n'en connaît pas la route et enfermée dans l'enceinte de ce château : tout cela, pour les beaux yeux d'Hector, de Roland et de Fabrice de Valliguière. Comprenez-vous à présent pourquoi le duc a quitté Paris, pourquoi il est venu s'enfouir ici, pourquoi enfin il a voulu que cette retraite demeurât cachée à tout le monde ? Il avait bien compris que, les trésors féminins qu'elle renferme une fois découverts, ses amis ne lui laisseraient ni repos ni trêve avant d'en avoir eu leur part. Nous devons un cierge au hasard qui nous a si bien conduits. Ce qu'il y a de certain, c'est que le duc est furieux de notre présence, c'est qu'il ignore que nous possédons son secret, c'est qu'il ne nous parlera ni de sa prairie merveilleuse, ni de ses danseuses, plus merveilleuses encore. C'est donc à nous d'agir.

— Qu'allons-nous faire ? demanda René.

— Deux partis s'offrent à nous. Nous pouvons laisser le duc à ses caprices, et nous retirer en respectant ses secrets et en gardant le silence sur ce que nous avons vu et entendu ; ou nous nous décidons à rendre la liberté aux charmantes filles qui sont ses captives, et nous les ramenons en grand triomphe à Paris.

— Le dernier parti me sourit davantage, répondit René.

— Je suis de votre avis. Mais il faut savoir avant tout si les douze belles personnes que nous avons entrevues sont à Lamôle par le fait

de leur volonté, ou si elles y sont retenues de
force. Dans le premier cas, il faudra séduire ;
dans le second, il nous suffira d'apparaître
comme des anges libérateurs pour entraîner
tous les cœurs à notre suite, et alors voyez-vous
quelle rentrée triomphale nous nous ména-
geons ?

— Cependant, fit alors René, je vois à vos
projets, bien que je les admire, plus d'une
objection.

— Pardieu ! quelle chose n'a pas son pour et
son contre ? Accordez-moi cependant que nous
risquons peu pour gagner beaucoup.

— Nous perdons d'abord l'amitié du duc.

— Croyez-vous qu'il soit bien sincèrement
notre ami ? Moi, je ne le pense pas. Le duc est
un grand seigneur, un gentilhomme plein d'esprit, mais un original, et rien ne nous empêche
de nous divertir à ses dépens, si nous sommes
assez adroits.

— Nous en serons quittes pour échanger plus
tard un coup d'épée.

— Bah ! qu'est-ce que cela ? C'est dit et résolu.
Nous enlevons les danseuses du duc. Pour ma
part, j'avoue que cette grande fille brune m'a
brûlé le cœur avec ses yeux.

— Avez-vous remarqué celle dont la peau est entièrement jaune ?

— Une Malaise, sans doute !

— La Malaise me plaît beaucoup.

— Bien, répondit Édouard en se dirigeant vers son lit. On pensera à vous satisfaire. Pour le moment, essayons de nous reposer, et demain je ferai mes efforts pour me ménager une entrevue, dans le sérail, avec celles des odalisques qui me semblent les moins sauvages.

VIII

Après avoir accompagné ses hôtes jusqu'à la porte de leur appartement, Hector de Valliguière redescendit dans la salle à manger. Il y trouva son père et son grand-père qui l'attendaient. A son aspect, ils se levèrent et l'embrassèrent tour à tour.

— Bonsoir, mon cher fils, lui dit Roland.

— Bonsoir, mon fils, répéta Fabrice.

— Mes pères, répondit Hector en s'inclinant, j'ai l'honneur de vous souhaiter une bonne nuit.

Sur ces mots, ils se séparèrent. C'était le cérémonial de l'adieu du soir.

Resté seul, Hector se dirigea rapidement vers le pavillon qu'il occupait. En entrant chez lui, il trouva Jacques Fleury.

— Jacques, lui dit-il, il y a une trahison.

— Maître, me soupçonnez-vous ? demanda Jacques avec effroi.

Hector lui serra la main.

— Eh non ! je te connais bien, toi. La trahison ne peut venir que de mon château de Valliguière. C'est Andrard qui, à la faveur du titre de régisseur de mes biens, aura fouillé dans mes papiers, découvert la situation de Lamôle et vendu le secret à ceux qui me cherchaient.

— Et ceux-là sont vos ennemis ?

— Non pas ! des camarades qui, à la suite d'un pari, ont promis de me trouver et qui n'y sont que trop parvenus. Oh ! j'ai bien deviné tout, et j'ai peur ; j'ai peur qu'ils ne percent le mystère dont nous sommes environnés.

— Pourquoi le découvriraient-ils ?

— Eh ! peut-être sont-ils déjà sur la piste. S'ils ont eu communication des papiers qui sont à Lamôle, ils savent tout. Ces papiers sont des lettres que mon père écrivait d'ici à ma mère, qui était allée passer à Valliguière le temps de ses couches, ainsi que l'usage en existe dans notre famille. Dans ces lettres, mon père entretenait ma mère de ce qui faisait l'unique préoccupation de sa vie, de sa passion pour la danse, des projets qu'il formait de réu-

nir un jour ici douze danseuses qui seraient
douze femmes accomplies. Si Édouard d'Aussay
et René de Morieux ont lu ces lettres, ils savent
tout à cette heure.

— Il faut alors les prier poliment de se retirer.

— Est-ce possible ? D'ailleurs, à quoi cela
servirait-il ? Ce qu'ils ont vu et entendu ici, ils
iraient le raconter. Il vaut mieux qu'ils de-
meurent. Pour toi, pars, va-t'en à Valliguière
sans t'arrêter ; crève dix chevaux en route, s'il
le faut, et sache, si c'est possible, comment ces
deux jeunes gens sont devenus maîtres de mon
secret. Comprends-tu ?

— Je comprends, maître.

— Interroge le vieux Benoît, et surtout, devant lui, pas un mot de sa fille. Il ignore qu'elle
est parmi mes danseuses. Il la croit morte.

— Fiez-vous à moi, je vais partir.

Hector et Jacques se séparèrent. Le dernier
monta à cheval, et le duc se rendit au pavillon
qu'habitaient les danseuses.

C'était un grand corps de bâtiment, dérobé
au regard par un jardin clos d'un mur élevé et
qui s'ouvrait seulement sur la prairie dont nous
avons parlé, et de là sur la mer.

Ce qu'il avait fallu de patience et d'argent

pour construire le château de Lamôle, on pouvait s'en rendre compte en cet endroit. Entre les rochers qui formaient à cette gigantesque habitation un rideau de pierre destiné à la cacher à tous les yeux, on avait, par un miracle, fait pousser les arbres, l'herbe tendre et les fleurs. En hiver, on avait trouvé le moyen de conserver ces richesses végétales, et le froid ne parvenait pas à en altérer la beauté. Figurez-vous un Eden, au milieu d'un pays d'une tristesse et d'une monotonie pleines de désenchantements.

Le château se composait d'abord d'un bâtiment d'entrée, dont le côté gauche donnait sur la mer. C'était celui-là qu'habitaient en ce moment Édouard et René. Ensuite, on traversait un immense jardin, dont la mer baignait encore un côté, et à l'extrémité on trouvait une grande maison destinée à la famille de Valliguière. Là s'élevait un mur qui séparait de cette partie du château le côté réservé aux danseuses. De ce côté du mur, on rencontrait d'abord le pavillon qu'elles occupaient, et ensuite la prairie, fermée d'une part par le rocher qui la dominait et en abritait même une partie, de l'autre par la mer, qui venait mourir à ses pieds.

On voit, par cette rapide description, qu'elles étaient en sûreté et que les propriétaires de Lamôle n'avaient pas à craindre qu'on les leur enlevât. Chacune d'elles avait son appartement et ses domestiques. Elles vivaient libres chez elles, faisant entre les murs de leur prison leurs volontés. Elles étaient respectées par les maîtres comme par les serviteurs, et avec la liberté, la vie eût été douce à passer ainsi. Le soir, elles se réunissaient dans un grand salon, au rez-de-chaussée, où se trouvaient des livres et des jeux. Une partie de la nuit s'écoulait avant qu'elles songeassent à rentrer. C'est en cet endroit que venait Hector de Valliguière.

Quand il parut, la salle, brillamment éclairée, offrait un spectacle étrange. Dans un coin, les deux danseuses chinoises, assises sur des nattes, essayaient de lire dans un volume français. La danseuse malaise dormait sur un divan. Mlles Mérine et Stella, entourées des Italiennes et des Espagnoles, taillaient un lansquenet féroce. La table était couverte d'or, et il y avait des pertes et des gains considérables. Enfin, étrangère à ce tumulte, assise à l'écart, essayant de fixer ses yeux sur un volume placé sur ses genoux, se tenait la jeune fille que nous avons déjà nommée et qui avait fixé l'attention d'Édouard pendant les courts instants qu'il avait pu voir ce qui se passait dans la prairie.

Ce fut vers celle-là que le duc se dirigea tout d'abord. Son entrée se fit du reste sans bruit, et personne ne se dérangea.

La jeune fille, tout entière à ses rêveries, ne l'avait pas entendu venir; aussi il se trouva derrière elle avant qu'elle s'en fût aperçue.

— Bonjour, Ophélie, lui dit-il.

— C'est vous? s'écria-t-elle. Je ne vous attendais pas ce soir.

— Est-ce ce qui vous rendait triste?

— J'étais triste, moi! dit Ophélie.

Hector la regarda avec gravité.

— Ne mentez pas, chère enfant, je vous en prie. Oui, vous étiez triste, et vous m'obligeriez en me disant le motif de votre tristesse.

Il y eut un moment de silence.

— Vous ne répondez pas? reprit-il.

— A quoi bon? demanda-t-elle.

— Oui, je le vois, c'est votre liberté que vous voudriez.

Elle ne répondit pas davantage. Hector n'éleva pas la voix. Il aimait Ophélie et il avait toujours soigneusement gardé cet amour caché

dans son cœur. De son côté, Ophélie l'aimait ;
mais il l'ignorait, comme elle ignorait elle-
même qu'elle fût aimée. C'était donc avec une
vraie douleur qu'il la voyait souffrir.

Ophélie était la fille de ce vieux Benoît qui
avait montré à Édouard et à René le château
de Valliguière. Elle avait été enlevée à son
père par un inconnu qui l'avait remise au duc.
Celui-ci l'avait conduite à Lamôle et en avait
fait une de ses danseuses. En devinant la tristesse dont la jeune fille était atteinte, il avait
cru que le désir de revoir son pays, l'amour de
son père étaient les vraies causes de son mal,
et, par affection pour elle, il voulait lui rendre
la liberté. Mais ce projet était combattu par de
bonnes raisons. D'abord Ophélie était la meil-
leure et la plus belle des danseuses ; ensuite il
l'aimait, et en la renvoyant, il se privait volon-
tairement de sa présence. Ce soir-là, devant
elle, il eut à soutenir intérieurement une nouvelle lutte à ce sujet. Deux sentiments con-
traires se pressaient en lui. Une voix lui disait :
« Fais-la libre ; » l'autre répétait : « Garde-
la. »

Tout d'un coup, il s'écria :

— Tenez, Ophélie, reprenez votre calme,

votre repos. Dans huit jours, vous partirez, vous aurez votre liberté.

A ces mots, la jeune fille se leva.

— La liberté, à moi ! dit-elle.

Et peu à peu l'effroi se peignit sur son visage. Puis elle éclata en sanglots, et au milieu de ses larmes, Hector entendit ces mots :

— Je vous en supplie, gardez-moi ici, je ne veux pas partir.

Et honteuse d'en avoir tant dit, elle se leva et sortit de l'appartement avant qu'Hector fût revenu de sa surprise. Il resta longtemps plongé dans ses méditations, et lorsqu'il revint à lui, il se trouva seul dans le salon. Les bougies s'éteignaient lentement et la nuit était fort avancée. Hector gagna sa chambre. En traversant le jardin pour rentrer, il fut fort étonné de voir ses croisées éclairées.

— Qui donc est chez moi à cette heure ? demanda-t-il.

Une pensée rapide traversa son esprit.

— Serait-ce Ophélie ? Suis-je fou ? reprit-il. C'est sans doute Jacques, qui n'aura pu partir, ainsi que je lui en avais donné l'ordre.

Ce n'était ni Ophélie ni Jacques.

Lorsqu'il entra, il aperçut, assis au coin du

feu, les deux vieillards, qui, en le voyant, échangèrent un signe d'intelligence. C'étaient encore Roland et Fabrice de Valliguière.

— Eux ici, à cette heure, quand je les ai quittés à minuit, comme de coutume ?

Telle fut la première question que s'adressa intérieurement Hector. Mais ses nobles visiteurs la devinèrent, et Roland s'approchant de son petit-fils :

— Je comprends votre surprise, monsieur le duc, lui dit-il. Il n'entre pas dans nos habitudes d'être debout, lorsque tout le monde devrait dormir. Mais nous avons à nous entretenir avec vous.

— Pourquoi ne l'avoir pas fait en nous séparant ? demanda Hector avec un mouvement d'impatience.

— Vous nous interrogez, mon fils ! reprit Fabrice. Nous ignorions alors ce que nous savons maintenant.

— Mon père !...

Hector, ayant dit ces mots, s'inclina respectueusement.

La réunion de ces trois personnages ne laissait pas que d'être étrange. D'un côté, le vieux Roland de Valliguière, vert encore et droit sous

ses longs cheveux blancs comme un antique
cèdre chargé de neige ; de l'autre, son fils Fabrice, plus voûté que lui, plus usé, chauve et
sans barbe, le visage sillonné de rides comme
un parchemin roussi par le temps ; et enfin, debout devant ses pères, baissant sa tête comme
un coupable et se demandant sur quel sujet il
allait être interrogé, Hector de Valliguière,
rayonnant de jeunesse et de force : tel était ce
groupe, qui, dans ses minimés proportions
mêmes, avait un cachet de grandeur et d'originalité rares en ces temps de choses vulgaires.

Sur l'invitation d'Hector, Roland et Fabrice
reprirent leur place dans les fauteuils de velours noir, aux dossiers richement sculptés
lui se tint debout contre la cheminée, et prenant la parole :

— Je suis à vos ordres, dit-il.

— Mon fils, répondit Fabrice, Jacques Fleury
est parti ce soir pour Valliguière ?

— Oui, mon père.

— Il paraît que là-bas une indiscrétion ou
une négligence, — ce qui serait moins infâme,
— a fait découvrir notre retraite ?

— Oui, mon père ; Jacques est parti pour
aller savoir de qui est venue cette trahison,

A ces mots, le vieux Roland sourit. On le
devina aux mouvements de sa longue barbe
blanche.

— Et vous n'avez pas deviné qui en est l'auteur? demanda-t-il.

— Non, mon père.

— Je le sais, moi.

— Vous! vous connaissez quel est l'homme
assez ennemi de notre famille?...

— N'avez-vous pas fait enlever la fille du
vieux Benoît, votre ancien maître d'armes?

— Ophélie! s'écria Hector; c'est vrai, reprit-il plus bas.

— Son père sait-il que vous étiez l'auteur de
cet enlèvement?

— Il l'a toujours ignoré.

— Eh bien, il l'aura sans doute appris, et c'est à
lui que vous devez la visite de vos anciens amis.

— A lui! mais quel intérêt?

— En voyant avec quel empressement ces
jeunes gens désiraient vous voir, il aura compris que, s'ils vous cherchaient, c'est que vous
vous teniez caché, et il leur aura, par vengeance, dévoilé le lieu de votre retraite.

— Vous avez raison, mon père, répondit
Hector.

Il y eut quelques instants de silence, après quoi Fabrice de Valliguière, s'adressant de nouveau à son fils :

— Vous avez tout à craindre de cet homme, dit-il. Ne l'ignorez pas.

— Mais alors, que dois-je faire ?

— L'attirer à vous, le gagner à votre cause, le mettre dans vos intérêts, lui faire comprendre que l'enlèvement de sa fille se basait sur des motifs importants, et que c'était pour son bien.

— Oui, c'est cela, s'écria Hector, et je ne dirai que la vérité.

— Comment ?

— C'est pour le plus grand bonheur d'Ophélie que je l'ai enlevée. Je l'aime, et je veux l'épouser.

Le visage des deux vieillards n'exprima, à ces mots, aucun étonnement.

Nous l'avons dit, les Valliguière s'étaient toujours tenus en dehors des préjugés et des usages. Ils n'admettaient pas qu'il y eût des mésalliances entre gens qui s'aiment, et tout entiers à leurs passions, ils n'avaient, en matière de mariage, d'autre guide que l'amour. Fabrice avait épousé une danseuse, et son père

avait donné son consentement. Hector allait
épouser, par affection, la fille d'un paysan, et
son père et son grand-père ne le désapprou-
vaient pas.

Au bout d'un moment Fabrice reprit.

— Si vous épousez la fille, vous n'aurez rien
à craindre du père. Vous n'avez donc à vous
défier que de vos visiteurs. Ayez l'œil sur eux,
qu'ils ne jettent pas la perturbation parmi nos
danseuses, et si, une fois de retour à Paris, ils
trahissaient ce qu'ils pourront avoir vu, il sera
toujours temps de rendre la liberté aux filles
que vous retenez ici.

Il y eut encore entre les trois Valliguière
échange d'arrangements et de conventions, et
il était grand jour lorsqu'ils se séparèrent.

IX

Le soleil pénétrait gaiement dans la tour donnée pour domicile aux hôtes de Lamôle, lorsque Édouard ouvrit un œil qu'il referma aussitôt. Bientôt, il les ouvrit tous les deux et ne les referma plus. Il regarda autour de lui. A l'autre extrémité de la chambre, où se trouvait un second lit, René ronflait comme une machine à vapeur et paraissait jouir délicieusement de la chaleur moelleuse de ses couvertures. Un grand feu de bruyères et de genêts séchés au soleil pétillait dans la cheminée, et devant ce feu, sur un guéridon, une collation matinale était servie, n'attendant que le bon plaisir et l'appétit des deux dormeurs.

— On fait très bien les choses ici, pensa

Édouard, en essayant de deviner, sans se déranger, quel vin était contenu dans un flacon aux facettes brillantes sur lesquelles se jouait un rayon de soleil. Est-ce assez ridicule de se mettre en guerre avec un homme qui vous reçoit si généreusement? Ah! ma foi, tant pis. Il possède un sérail beaucoup trop complet pour lui seul, et je suis sûr que plus d'une sultane me saura gré de lui avoir rendu la liberté. Mlles Mérine et Stella seront restituées à l'Opéra. Cette grande fille, dont je suis éperdûment amoureux et dont je veux savoir le nom, recevra, à brûle-pourpoint, la décharge électrique de ma déclaration. Les Italiennes et les Espagnoles seront proposées au Cirque, qui s'empressera de les engager dans sa séduisante milice. Quant aux deux Chinoises, à la Malaise et à l'Égyptienne... Diavolo! qu'est-ce que nous pourrions bien en faire? Ah! une idée! Nous les enverrons aux Missions étrangères, seule route pour retourner dans leur pays.

Ce monologue terminé, Édouard songea qu'il était l'heure de mettre fin au jeûne de la nuit. Il sauta à bas du lit et alla procéder à sa toilette dans le cabinet voisin. Lorsqu'il en sortit, René sortit aussi du sien, habillé et prêt à se mettre

à table. Ils commencèrent par regarder aux
fenêtres pour mieux se rendre compte de la
situation de leur demeure. Mais ils ne virent
que la mer. Elle ceignait, de tous les côtés
visibles pour eux, la tour qu'ils habitaient.

— Prrrou ! s'écria Édouard en refermant la
croisée, c'est beau, mais ce n'est pas gai. Met-
tons-nous quelque chose sous la dent.

Comme ils s'asseyaient, un domestique entra
et demeura tout le temps de leur déjeuner, faisant le service de la table. Le repas terminé, il
desservit, apporta le café, les cigares, les li-
queurs et se retira.

— Enfin, s'écria Édouard aussitôt que le
domestique fut sorti, nous pouvons causer à
notre aise.

— Un conseil, mon ami, fit René en l'interrompant ; baissez la voix. Rien ne nous dit que
les murs soient sans oreilles.

— Vous avez raison. Je mets le conseil à profit. Or donc, reprit Édouard, avez-vous formé
quelque plan cette nuit ?

— Cette nuit, j'ai dormi.

— Comme moi, n'est-ce pas ? Dans ce cas, il
faut nous concerter. Ainsi que nous l'avons dit
hier, il faut d'abord mettre dans nos intérêts,

si c'est possible, l'une de celles que nous voulons enlever.

— Ce sera habile.

— Mais pour leur parler, il faut les voir.

— On pourrait leur écrire.

— Merci, fit Édouard, je craindrais que les
lettres ne restassent en route.

— Pensez-vous?

— Pardieu! Croyez-vous que les correspon-
dances de ces dames ne sont pas livrées à une
investigation des plus sévères?

— Cependant, hasarda René, il me semble
que si, du sommet du rocher que nous avons
gravi hier, nous pouvions apercevoir Mérine
ou Stella, à qui nous avons plus d'une fois serré
la main au foyer, et pour qui nous ne sommes
pas des inconnus; si, dis-je, nous pouvions les
apercevoir, attirer leur attention, et, étant
acquise l'impossibilité d'échanger deux mots
avec elles, jeter un billet, contenant une pierre,
qui viendrait tomber à leurs pieds...

Édouard poussa un cri de triomphe.

— Quelle idée! Oh! cher, d'où avez-vous tiré
celle-là?

— D'ici, répliqua sentencieusement René,
en montrant son front.

— Il y a du génie. Certainement, votre idée est lumineuse, votre projet merveilleux, et je me charge de l'exécuter.

Sur ces mots, il alla s'asseoir devant un petit bureau en bois de rose, et écrivit le billet qu'il se proposait de faire parvenir aux prisonnières. Comme il le terminait, Hector se fit annoncer. Il était midi. Édouard enfouit son papier dans la poche de son gilet et se leva pour recevoir le duc. René suivit son exemple.

— Messieurs, leur dit Hector, j'ai pensé que puisque, dans ce triste pays, je ne puis vous offrir autant de distractions que je l'aurais voulu, il vous serait agréable de visiter le château.

— C'est une bonne fortune pour nous, s'il faut juger par la salle à manger du reste de l'habitation.

Cette visite était pour le duc une mesure de prudence. En montrant son château à Édouard et à René, c'était leur indiquer clairement qu'il n'y cachait rien, ainsi qu'ils auraient pu le soupçonner.

La visite eut lieu sans accident. Tout fut jugé très beau, et apprécié, surtout par Édouard. Lorsqu'on arriva au mur qui divisait en deux parties cette vaste demeure, Hector dit à ses amis :

— Ceci est la limite. La mer est là derrière.

Édouard et René parurent ajouter foi à cette indication et ne laissèrent rien comprendre de ce qu'ils savaient. Seulement, le premier acheva de se convaincre que le duc de Valliguière voulait tenir ses danseuses loin des regards étrangers. Il se rappela le pseudonyme sous lequel Hector se cachait, le mystère qu'il faisait de la situation du château de Lamôle, et il résulta pour lui, de ces réflexions, des doutes qui n'étaient guère en faveur de M. de Valliguière. Édouard se demanda si ces douze danseuses n'étaient pas douze maîtresses, et il s'enhardit davantage dans la résolution de pénétrer ce mystère.

L'examen du château terminé, Hector conduisit ses hôtes au dehors. On sortit du dédale de rochers dans lesquels les fondements de cette bizarre demeure sont jetés, et la grève triste, sablonneuse, vaste comme un désert, à peine sillonnée de quelques rangées de genêts, de quelques pousses de bruyères, s'offrit à leurs regards, morne comme l'Océan qui venait en mordre le sol humide. Cette vue frappa Édouard, qui, plus artiste et plus poète que René, sentait plus vivement certaines différences. Il avait tout à l'heure admiré le jardin de Lamôle, avec ses arbres vigoureux et beaux à voir, quoique l'hiver les eût dépouillés, avec ses fleurs conservées en serre chaude, avec tout ce luxe de végétation, qui n'avait été transplanté que par un miracle d'argent et d'art dans ce pays infertile ; un moment, il avait pu se croire dans quelque féerique contrée, peu éloignée d'une cascade aux ondes bienfaisantes, et il retombait, en voyant ces rivages presque nus, dans la plus sombre des réalités.

— Convenez, mon cher duc, dit-il à Hector, que vous habitez un étrange pays : d'une part, une poésie douce et touchante ; de l'autre, une poésie sauvage. Si j'étais poète, je vous dirais : Ici, Millevoye ; là, Ossian. Le jardin enchanté de Lamôle, au milieu de ces rochers et de ces sables, me rappelle le paradis terrestre, avec ses beautés, sur un petit coin du globe encore inculte.

— C'est l'étrangeté de cette contrée qui a décidé ma famille à acheter le château de Lamôle, il y a cinquante ans. Il avait été construit pour un grand seigneur qui s'était retiré du monde, cherchant à la fois la solitude la plus impénétrable et la plus sauvage et le luxe dans lequel il avait toujours vécu. D'ailleurs, continua Hector, Lamôle a subi depuis d'importantes réparations. Mon grand-père et mon père, que vous avez vus hier, y ont ajouté un confortable dont j'apprécie chaque jour l'utilité. Toutes les choses nécessaires à la vie se trouvent à Lamôle, et nous y serions assiégés que nous pourrions soutenir le siège pendant plusieurs mois.

Ce fut en causant de la sorte qu'on rentra au château. Là, le duc laissa ses hôtes rentrer chez eux, tandis qu'il s'enfonçait dans le parc, se retournant parfois pour voir s'il n'était pas suivi. Édouard regarda alors René et lui dit :

— Mon cher ami, Valliguière a des motifs sérieux, peut-être, pour nous cacher certaines choses. Pour moi, qui suis de plus en plus intrigué, je ne pars pas d'ici sans avoir vu ce qu'il abrite derrière son grand mur. Le moment est arrivé d'agir, et j'agis.

— Je ne resterai pas en arrière, croyez-le bien, répondit René.

Quelques heures plus tard, les douze danseuses étaient réunies dans la prairie de Lamôle. C'était le moment où, suivant l'usage, elles venaient donner leur spectacle aux ducs de Valliguière. Ceux-ci, étendus sur de grands tapis, admiraient comme toujours les pas gracieux et variés de leurs danseuses, au son des flûtes et des violons invisibles qui résonnaient dans cette solitude.

D'abord les douze danseuses partirent ensemble. Elles étaient vêtues de robes de lin, à la manière des danseuses romaines. Elles commencèrent par une ronde pleine de mollesse, prélude à la danse des saisons qu'elles allaient exécuter. Puis, se séparant d'un seul coup, elles se divisèrent en quatre groupes, qui venaient, l'un après l'autre, représenter l'une des quatre saisons de l'année. Ce fut d'abord le printemps. Les trois danseuses se couronnaient de fleurs en dansant, rappelant ainsi la naissance des plus belles fleurs de l'année. Elles tournaient doucement sur elles-mêmes, agitant leurs bras et semblant se laisser emporter au gré d'un poétique zéphir. L'été vint ensuite, représenté par les Espagnoles et les Italiennes. C'était bien le soleil dévorant de juillet qui s'échappait de leur prunelle, étincelante et noire comme l'aile d'un corbeau. L'automne

parut sous les traits de trois autres danseuses,
couronnées de pampres, qui, par leurs mouvements, semblaient faire le travail des vendan-
geurs, couper la vigne et exprimer, dans des
cuves, le jus du raisin. Enfin, ce fut au tour de
l'hiver : Ophélie, Mérine et Stella, la tête
chargée de lourdes couronnes de roses blanches, qui semblaient de neige, enveloppées
dans des manteaux de laine blancs, bordés de
fourrures de même couleur, apparurent aux
regards ravis des Valliguière et de leurs compagnes. Elles se tenaient ensemble par une
écharpe de gaze et sautaient doucement, tandis
que la musique semblait se perdre dans le lointain : les sons s'approchant, elles allaient plus
vite. Puis, tourbillonnant tout d'un coup comme
une rafale, elles voltigeaient sur elles-mêmes
avec une merveilleuse rapidité. Elles grelot-
taient ensuite, et leurs bras s'animant de plus
en plus, et leurs mouvements s'accordant avec
l'expression de leurs beaux yeux, elles montraient, tour à tour, la furie des tempêtes, la
violence des vents, les souffrances de la pau-
vreté, tous les maux que fait endurer le froid,
et aussi le bien-être que procure le feu. Enfin,
peu à peu, elles ralentirent leurs pas, et leur

danse s'acheva en même temps que s'éteignait le son des instruments. Tout cela se passait au bord de la mer, dont les rugissements semblaient d'accord avec les mystérieuses scènes dont ses rivages étaient les témoins.

Les danses terminées, et comme le jour touchait à sa fin, Roland, Fabrice et Hector se levèrent et quittèrent la prairie. Les danseuses les imitèrent, à l'exception toutefois de Mérine et de Stella, qui restèrent en arrière, se donnant le bras et causant ensemble de Paris, qu'elles avaient quitté depuis vingt jours. Vingt jours ! que c'est long, lorsqu'on languit !

Tout à coup elles s'entendirent appeler, et avant qu'elles eussent pu même se demander qui avait prononcé leur nom, un petit paquet tomba à leurs pieds. Mérine le ramassa avec avidité.

— Enfin, s'écria-t-elle, voici une aventure !

— Prends garde, malheureuse, lui dit Stella. Si on nous observait !

— Tu as raison.

Et Mérine glissa le paquet dans sa poche. Puis elles se dirigèrent vers leur appartement sans songer à regarder derrière elles. Une fois dans la chambre de Mérine, elles allèrent mettre aux portes les verrous qui assuraient leur repos.

— Voyons, dit alors Stella, tandis que son amie tirait de sa poche le bienheureux paquet.

Il était enveloppé de papier blanc. Mérine ôta l'enveloppe, et retira... une grosse pierre.

— C'est peu galant, dit-elle.

— C'est même lâche, reprit Stella. Se moquer de deux pauvres captives !

— Oh ! s'écria Mérine en ramassant les papiers, — folles que nous sommes ! C'est l'enveloppe qu'il faut regarder, et non l'intérieur. Un billet dans lequel on a mis une pierre pour que le vent ne le détournât pas de sa route.

— Oh ! je comprends.

Et les voilà toutes les deux, furetant partout, cherchant les débris et essayant de recomposer les feuilles de papier.

— C'est fait, dit tout à coup Mérine. Et elle lut :

« Mesdemoiselles,

» Deux amis, connus de vous, ont découvert la solitude dans laquelle vous retient une horrible passion. Ils veulent vous délivrer. Tenez-vous donc prêtes à tout événement. Quand vous serez dans la prairie, ayez souvent l'œil fixé sur les broussailles qui couronnent le plus haut des rochers, et là, il vous sera facile de reconnaître vos serviteurs très dévots,

» *Édouard d'Aussay, René de Morieux.* »

— Édouard d'Aussay, René de Morieux ! connais-tu ? demanda Mérine.

— Je me les rappelle très bien. Deux jeunes gens comme il faut, deux amis du duc, qui étaient souvent au foyer. Nous avons soupé avec eux. Édouard d'Aussay a été l'amant de la grande Subigny.

— Alors, c'est sérieux, reprit Mérine. Ces jeunes gens sont ici. Ils veulent nous délivrer; il s'agit de faire le guet.

— Quelle aventure ! soupira Stella.

X

Tandis que ces mystérieux événements se passaient à Lamôle, Jacques Fleury, suivant les ordres de son maître, crevait dix chevaux pour arriver plus vite au château de Valliguière. Le quatrième jour, vers onze heures du matin, il arrivait au petit village qui précède le château seulement d'un kilomètre. Il descendit à l'unique hôtellerie de l'endroit et demanda M. Andrard. On lui apprit que M. Andrard était parti depuis quelques heures pour Paris.

— Au diable soit le régisseur ! pensa Jacques.

Quelques instants après, il se dirigea vers le château. Mais, plus coutumier des lieux que René et Édouard, il alla frapper d'abord à une petite maisonnette dans laquelle habitait un garde chargé de surveiller la propriété. Comme

il était connu, on lui livra les clefs, et il se mit
en devoir d'opérer une fouille complète dans
les papiers du duc.

Suivant les instructions de ce dernier, il se
rendit dans la galerie des portraits, et souleva
celui de la mère d'Hector, placé, comme on le
sait, au centre de la salle. Là, il rencontra un
bouton invisible ; il le poussa, et une grande
porte roulant sur ses gonds découvrit à ses regards un vaste cabinet, éclairé par une croisée
ouverte dans le plafond et tapissé de livres et
de papiers. Il chercha dans le quatrième rayon
de droite et trouva le paquet de lettres dont son
maître lui avait parlé. Elles étaient signées du
nom de Fabrice de Valliguière, et adressées
par celui-ci à sa femme, la mère d'Hector.
Jacques Fleury les lut toutes. Par les détails
qu'elles donnaient, elles indiquaient d'une très
claire façon la situation du château de Lamôle,
la manière dont les Valliguière y vivaient, et
enfin le motif qui les avait engagés à cacher,
pour plus de sûreté, sous un pseudonyme
étranger, leur nom de famille.

Tandis que Fleury se livrait à ses réflexions,
un bruit se fit derrière lui : il se retourna et ne
demeura pas peu surpris en voyant Benoît, qui

l'examinait avec inquiétude, cherchant à le reconnaître.

— Benoît, s'écria-t-il, voilà le traître !

Et se rappelant qu'il avait fermé toutes les portes, il sauta au collet de celui qui venait le déranger.

— Misérable ! lui dit-il en le secouant rudement, par où es-tu entré ?

— Lâchez-moi donc, monsieur Fleury, répondit Benoît, qui était devenu vert, et dont le visage se teignait en noir sous l'étreinte de Jacques ; lâchez-moi, si vous voulez que je vous parle.

— Soit ! parle, coquin, et ne songe pas à me tromper, sinon je t'étrangle.

— Vous êtes farouche, aujourd'hui, savez-vous ? Je ne vous ai pas toujours vu si méchant.

— Je ne te savais pas un traître, alors, un fureteur des papiers d'autrui, un voleur des secrets de famille. Je te croyais un brave homme, enfin.

— Oui, il y a douze ans de cela. Mais depuis, tant d'événements se sont passés !

— Et que me font les événements ? Je te le répète, il faut me dire comment tu es entré ici, comment tu as découvert ces papiers et quel intérêt tu avais à révéler les secrets qu'ils renferment.

— Ah ! c'est une confidence que vous me demandez. Et de quel droit ?

— De quel droit, misérable ? s'écria Jacques, en serrant les poings, de quel droit ? Tu oses le demander ! Ne sais-tu pas que je suis le vieux serviteur de M. le duc ?

— Et c'est lui qui vous envoie ? demanda Benoît avec un grand flegme.

— C'est lui qui m'envoie, tu l'as deviné. Je viens te dire de sa part que, si tu ne réponds pas à toutes mes questions, je te fais arrêter comme un fripon que tu es, et tu iras expliquer ta conduite en cour d'assises.

— S'il en est ainsi, je n'ai rien à vous dire, et j'attends les gendarmes. J'irai devant les tribunaux, et, là seulement, je ferai les aveux que l'on me demande. Je reconnaîtrai que je suis entré ici, en l'absence des maîtres, par un trou fait dans le mur, du côté des bois ; que j'y ai fixé mon domicile pendant l'hiver, et que j'ai fureté dans la maison pour y trouver certains papiers qui m'intéressaient. Voilà ce que je reconnaîtrai ; mais je prouverai que je n'ai rien pris, rien volé, et que dans ma famille il n'y a pas de voleur, entendez-vous, monsieur Fleury ; et lorsqu'on voudra connaître le motif qui m'a fait agir ainsi, je dirai...

— Que direz-vous? demanda Jacques avec inquiétude et quelque peu interloqué par l'accent résolu du bonhomme.

— Je dirai que j'avais à me venger.

— Vous venger! de qui? du duc? Lui, votre élève, votre protecteur!

A ces mots, Benoît sourit amèrement, et regardant en face Jacques Fleury :

— Est-ce que vraiment vous ignorez?... Oh! non, ce n'est pas possible, reprit-il en levant les épaules.

— J'ignore tout, répondit Fleury avec fermeté, bien qu'il devinât déjà ce dont il s'agissait.

Benoît, regardant en face Jacques Fleury, reprit :

— Alors écoutez-moi. Il y a douze ans, un homme, âgé déjà, vivait sur les terres du duc de Valliguière. Il n'était pas le serviteur du duc, il lui avait seulement donné, en d'autres temps, quelques leçons d'armes. Un jour que le duc, monté sur un cheval furieux, allait être brisé contre les rochers, cet homme arrêta le

cheval sur le bord du précipice, et, en récom-
pense du service qu'il venait de rendre à M. de
Valliguière, il ne demanda que d'habiter sur
les terres de la maison et d'avoir droit de chasse
dans les bois qui en dépendaient. On lui ac-
corda cette grâce, et il vint s'installer au milieu
de la forêt avec sa fille, une belle enfant de dix
ans et son unique trésor ici-bas. Oh ! comme il
l'aimait, cette chère petite ! comme il prenait
plaisir à lui faire l'existence douce, à la rendre
heureuse, à grossir pour elle la mince fortune
qu'il avait eue de ses pères !

Cet homme, c'était moi. L'enfant, c'était ma
fille, mon Ophélie. Un jour, elle me fut enlevée, elle disparut, et ce fut en vain que je la
cherchai de tous les côtés. Je sacrifiai tout ce
que je possédais, je me ruinai à courir sur des
traces que je croyais être les siennes et qui ne
me conduisirent qu'à la certitude de l'avoir
perdue pour toujours. Depuis un an, je n'avais
pas vu M. de Valliguière, et je ne l'ai pas revu
depuis. Je lui écrivis souvent, et il ne me répondit pas. Ce fut en vain que je me rappelai à
son souvenir de toutes les manières. Il m'avait
oublié. Cette conduite m'inspira des soupçons.
Je demandai à visiter le château. On m'en re-

fusa les clefs. Alors, je vins ici, je fis une ouverture dans le mur, en un lieu caché. J'entrai et je fouillai partout. Bientôt je découvris ce cabinet, des papiers où se trouvait mêlé le nom de ma fille, et je fus certain que l'auteur du rapt était le duc de Valliguière. Mais je voulais savoir où était ma fille, et c'est le hasard seul qui m'a appris qu'il existait un château de Lamôle, appartenant au duc. C'est là que j'irai la chercher. Pendant longtemps, je n'ai pu sortir d'ici. Je m'étais endetté pour trouver ma fille. et mes créanciers me faisaient traquer comme un chien. Je me cachais le jour, et cependant, je suis parvenu à amasser de l'argent avec lequel j'ai payé mes dettes. Maintenant je suis libre de reparaître au grand soleil, et c'est à tête haute que je vais aller au château de Lamôle demander ma fille à M. Hector de Valliguière, et s'il ne me la rend pas aussi pure et aussi vertueuse que lorsqu'il l'a prise...

— Que ferez-vous alors? demanda Jacques avec inquiétude.

— Ce que je ferai? continua Benoît, je lui dirai : « Je suis vieux et vous jeune. Mais tous les deux nous savons tenir une épée, et je vous demande raison de votre déloyauté. » J'aurai ma fille ou je tuerai votre maître ; soyez-en sûr, il ne pourra m'échapper. Grâce à ces bienheureuses lettres, je connais tous les mystères du château de Lamôle, à l'ombre duquel il se cache sous un faux nom, pour n'être pas dérangé dans le cours de ses plaisirs. C'est là que j'irai, et je lui reprendrai ma fille.

Devant ces paroles, Jacques avait baissé la tête. Il comprenait les torts de son maître et sa propre impuissance à le justifier. Il se taisait donc.

Benoît reprit :

— Je suis venu ici, parce que j'étais certain de vous rencontrer. Je soupçonnais votre arrivée et je vous ai vu entrer. J'ai bien voulu que vous sachiez d'où venait la découverte des secrets de votre maître. Maintenant je n'ai plus rien à vous dire. Adieu.

Sur ces mots, il disparut, et ce ne fut qu'après quelques instants que Jacques fut rendu à la réalité. Il appela vainement le vieillard. Celui-ci était déjà loin.

— Je n'ai pas de temps à perdre, pensa Jacques. Il faut repartir et prévenir M. le duc, sinon les plus grands malheurs vont tomber sur lui, avant qu'il ait eu le temps de songer à les combattre. Jacques referma avec soin toutes les chambres qu'il traversa et descendit. Puis il fit le tour du château, découvrit la brèche faite par Benoît et passa une demi-journée à réparer lui-même cette dégradation.

Le soir de son arrivée, après avoir pris à la hâte un léger repas, Jacques se remit en route et se trouva devant les rochers de Lamôle huit jours après en être parti. Une lieue avant d'arriver au château, il rencontra deux cavaliers qui le croisèrent sur la route sans le reconnaître, mais lui les reconnut. C'était Édouard et René, qui se dirigeaient vers Saint-B... Il supposa qu'ils se promenaient et n'attacha aucune importance à cette rencontre.

Une heure après, il était auprès de son maître et lui racontait avec détail les circonstances presque dramatiques de son voyage.

— Tenez-vous sur vos gardes, lui dit-il en terminant sa narration. Benoît peut arriver ici d'un moment à l'autre vous demander sa fille, et, selon votre réponse, se porter à quelque extrémité.

— Je ne crains rien, répondit Hector avec un sourire. Qu'il vienne, il sera satisfait de ce qu'il verra,

— Comment ? demanda Jacques.

— Ne me demande rien à cette heure. Dans quelques jours, tu sauras tout. Maintenant retourne à Saint-B... et ne reviens que lorsque je te ferai appeler.

— Quoi ! maître, vous ne voulez pas de mon secours ?

— Non, mon ami, je n'en ai pas besoin encore. Mais sois tranquille, trois jours ne s'écouleront pas sans que tu aies eu de mes nouvelles.

Jacques s'inclina et se retira. Pour Hector, il se rendit auprès de son père et de son grand-père, afin de les consulter sur la conduite qu'il avait à tenir.

A ce moment encore, Hector croyait n'avoir à vaincre qu'un seul adversaire, le père d'Ophélie, et il était certain de la victoire. Il ne soupçonnait rien de la conjuration qui se formait pour l'enlèvement des danseuses. Cependant, durant les jours qui venaient de s'écouler, Édouard et René n'étaient pas restés inactifs. Ils avaient écrit plusieurs fois à Mérine et à Stella, et celles-ci pouvaient espérer d'être bientôt libres.

Ce jour-là, elles avaient reçu de nouveaux

avis. Edouard leur apprenait que, sur sa demande, trois de ses amis étaient arrivés, et
qu'en comptant M. René de Morieux, ils étaient
désormais cinq pour tenter un grand coup.
Edouard disait vrai. Il avait écrit à Paris, et
trois de ses meilleurs amis avaient répondu en
arrivant. Par mesure de prudence, ils étaient
restés à Saint-B..., et c'est à leur rencontre que
se rendaient Édouard et René, quand Fleury
les avait rencontrés.

Les jeunes gens ne purent rien conclure d'a-
bord : le temps leur manquait. Mais il fut résolu
que, le soir même, ils se réuniraient tous dans
la tour qu'habitaient Édouard et René, et qu'on
les y tiendrait cachés, jusqu'au moment de
l'exécution de leurs projets. Cette tentative devait réussir par sa hardiesse même, et le soir, à
la faveur de la nuit, les trois nouveaux arrivés
furent introduits sans bruit et sans donner l'é-
veil.

— Nous voilà forts, puisque nous sommes
cinq et réunis, dit Édouard. Il s'agit d'arrêter
notre plan. Voici ce que j'ai trouvé, et René,
qui connaît le château comme moi, vous dira
que c'est le meilleur parti à prendre.

— Nous écoutons, dirent les conjurés,

— Il est impossible de parvenir à l'habitation des danseuses en traversant le château. Toutes les issues sont trop bien gardées, et nous n'arriverions qu'à nous faire prendre dans les pièges semés de tous côtés autour de cette mystérieuse demeure. Nous n'avons donc d'autre ressource que de jeter un fauteuil de corde dans la prairie et de hisser jusqu'au sommet du roc les dames qui voudront bien nous confier leur fortune.

— Cher, vous êtes fou ! s'écria René, Avez-vous calculé la hauteur du rocher ? Savez-vous si Mérine, Stella et les autres voudront confier leur vie à une ficelle ? C'est bon pour un Latude ou pour un Beaufort.

— Eh ! mon ami, une femme qui veut être libre est capable de tout. D'ailleurs, toutes les danseuses sont un peu acrobates, et c'est ce plan que Mérine et Stella adopteront et feront adopter à leurs compagnes. Ceci une fois arrêté, ces chères belles auront l'ordre de se tenir à minuit au bas du rocher. A la même heure, nous serons au sommet ; l'un de nous sera descendu dans le fauteuil et nous enverra ces dames l'une après l'autre. Qu'en pensez-vous ?

Il n'y eut qu'une voix. Le projet était extra-

vagant, mais délicieux, et le seul qu'on pût rai-
sonnablement adopter. En conséquence, un
nouveau billet fut envoyé à Mérine, lui donnant les instructions les plus détaillées pour
que toutes choses fussent convenues et exécu-
tées sans éveiller le moindre soupçon.

XI

L'existence des Valliguière, confinée dans ce
mystérieux château de Lamôle par la plus
étrange des passions, que leurs immenses richesses leur permettaient de pousser jusqu'au
raffinement, s'écoulait, en dehors de leurs plaisirs, grave et uniforme. Les deux vieillards ne
sortaient jamais et vivaient ensemble, passant
la plus grande partie de leurs journées au milieu d'une vaste bibliothèque, dans laquelle
étaient collectionnés avec le plus grand soin
tous les ouvrages écrits sur la danse, depuis
qu'on danse, ce qui est fort ancien. Nous rem-
plirions un volume in-folio à donner seulement
les titres des volumes qui composaient cette bibliothèque. Il y avait des romans, des livres
historiques, des recueils de dessins, en un mot,

un cours complet de chorégraphie ancienne et
moderne ; la théorie, la pratique et l'histoire de
la danse dans tous les siècles. La vie de Roland
et de Fabrice demeurait concentrée dans ces
souvenirs, depuis qu'ils avaient cessé tout com-
merce avec les hommes.

Pour Hector, c'était différent. Il allait et venait. Ainsi, il avait passé à Paris, au milieu du
monde dont il était devenu l'une des gloires,
quelques-unes des années précédentes, et en
rentrant dans sa solitude de Lamôle, moins
préoccupé que ses pères de la passion qui avait
rempli leur vie et qui menaçait de remplir la
sienne, il s'était abandonné aux aimables rêves
d'amour que la présence d'Ophélie lui inspirait.
Son amour, d'ailleurs, fut toujours chaste.
Nous l'avons dit et on l'a vu, Hector possédait
le respect le plus profond pour les femmes, et
il ne s'en était jamais départi ni pour ses danseuses, ni même devant Mérine et Stella, qui,
en vraies Parisiennes de la rue Lepeletier, eussent peut-être préféré moins de respect et plus
de soupers.

Depuis quelques jours qu'il était rentré à Lamôle, il avait été de plus en plus occupé de son
amour, et c'est ainsi qu'il s'était résolu à épou-

ser Ophélie. On comprend dès lors qu'il n'eût
pas à craindre l'arrivée de Benoît. Qu'aurait à
dire le vieux paysan en retrouvant sa fille belle,
heureuse, aimée et enrichie? Il serait surpris
d'abord, et sa colère tomberait ensuite devant
la preuve d'affection donnée par Hector à celle
qu'ils aimaient également tous deux, quoique
à des titres différents.

C'est à ces choses qu'Hector, enfermé chez
lui, le lendemain du jour où Fleury était arrivé,
rêvait avec bonheur, lorsque son valet de
chambre entra et lui remit un billet. Son regard chercha la signature. C'était celle d'Ophélie. Il lut rapidement. Il n'y avait que ces quelques mots : « Venez sans retard. J'ai besoin de
vous parler. »

Hector sentit son cœur battre plus fort à cet
appel de celle qu'il aimait. Il ne l'avait pas vue
un instant seule, depuis le soir où elle avait refusé la liberté qu'il lui offrait. Depuis ce moment, elle avait paru fuir un entretien particu-
lier, et maintenant c'était elle qui désirait la
première voir Hector.

— Que me veut-elle ? se demanda-t-il.

Et il se rendit à son appel.

Lorsqu'il entra dans le boudoir de la jeune

fille, celle-ci, assise dans un fauteuil, pâle, les yeux pleins de larmes, paraissait l'attendre avec impatience.

— Enfin, vous voilà ! s'écria-t-elle en le voyant et en s'avançant rapidement au-devant de lui.

— Oui, chère belle, et à votre trouble, je de-vine que vous avez quelque chose d'extraordi-naire à m'apprendre.

— Monsieur le duc, votre vie est en danger.

— Ma vie ! s'écria Hector surpris.

— Oui, votre vie. Votre étonnement cessera lorsque vous saurez ce que j'ai à vous annoncer.

Hector se souvint alors des avis que Jacques Fleury lui avait donnés la veille, et, croyant que la jeune fille faisait allusion aux mêmes évé-nements :

— Est-ce de votre père que j'ai à craindre l'inimitié qui met mes jours en péril ?

— Mon père ! répondit-elle. Non, monsieur le duc. Il est vrai que vous m'avez arrachée à son amour. Mais aujourd'hui, si coupable que je sois de n'être pas retournée vers lui quand vous m'avez proposé de me rendre la liberté, il m'é-couterait si je le priais à genoux de ne pas es-sayer d'attenter à votre vie.

— Vous ! à genoux pour me protéger contre sa colère !

A ces mots, la jeune fille se troubla ; une rougeur subite couvrit ses joues.

— Monsieur le duc... murmura-t-elle.

Hector s'approcha d'elle, et se mettant à genoux :

— Vous m'aimez, et moi je vous aime aussi.

— Que faites-vous ? s'écria-t-elle.

— N'ayez aucune crainte, continua Hector en demeurant dans la même position, personne ne viendra nous surprendre, et de moi vous n'avez rien à redouter, vous le savez bien. Je suis épris de vous, Ophélie, ardemment épris, et ce n'est pas d'aujourd'hui. Depuis longtemps, je n'ai pu rester insensible à vos charmes, et je vous aime.

— Taisez-vous, répondit-elle, ces aveux me font trop souffrir.

— Souffrir ! Et en quoi ? Me serais-je trompé ? Votre cœur serait-il si cruel ?

— Non, répondit Ophélie en tremblant, non, et c'est parce que je vous aime que je souffre. N'y a-t-il pas entre nous une distance que rien ne peut combler ?

— Ophélie, l'amour comble toutes les distances.

La jeune fille interpréta mal cette phrase, et se redressant avec la fierté de dona Sol :

— Monsieur le duc, je suis de trop humble extraction pour être votre femme, je suis de trop honnête race pour devenir votre maîtresse.

À ces mots, Hector se releva, et dans une attitude pleine de respect :

— Mademoiselle, dit-il, le duc de Valliguière a l'honneur de vous demander votre main.

Rien ne saurait rendre la surprise de la jeune fille ; ce fut comme un éblouissement.

— Moi ! moi ! votre femme ! murmura-t-elle. Oh ! pourquoi se rire ainsi de ma crédulité ?

— Vous me comprenez mal, Ophélie, reprit Hector ; je vous aime, et j'ai l'honneur de vous offrir de partager mon nom, ma fortune et toute mon existence.

Devant la réalité d'un bonheur qu'un jour peut-être elle avait rêvé et sans doute traité de folie, la jeune fille tomba évanouie dans les bras de son noble fiancé.

Il la serra amoureusement contre sa poitrine, puis l'asseyant dans un fauteuil, il lui baigna les mains et les tempes avec de l'eau. Elle ne tarda pas à revenir à elle.

— N'est-ce pas un rêve ? demanda-t-elle en
écartant par un mouvement plein de grâce les
tresses de ses bruns cheveux, qui voilaient son
regard.

— Non, cher ange, c'est la réalité que je t'ap-
porte, s'écria Hector en couvrant sa main de
baisers.

Il y eut un moment de silence, ce silence so-
lennel qui suit tous les aveux d'amour, quelque
chose comme l'extase, une minute pleine de
ravissement. C'est l'heure où le fiancé, à genoux aux pieds de celle qui va être sienne,
cherche, dans des yeux dont on voudrait lui cacher l'éclat, la confirmation de son bonheur.
Tout à coup le visage ému d'Ophélie devint
triste, et l'effroi se peignit sur ses traits.

— Oh ! s'écria-t-elle, je ne songeais plus qu'à
cette heure, peut-être, un complot se trame
contre vous. Écoutez, continua-t-elle en se levant, vous avez reçu ici des jeunes gens que
vous avez cru vos amis ; vous ne vous êtes pas
assez défié d'eux. Eh bien, ils ont découvert
tous vos secrets, ils veulent enlever vos danseuses ce soir même, et rien ne prouve qu'en
cas de résistance, ils ne soient prêts à employer
les armes.

— Êtes-vous certaine de ce que vous dites là, chère âme ? demanda Hector.

— Si certaine que j'ai tout entendu. J'avais surpris quelques mots, quelques regards échangés, et, pardonnez-moi ceci, j'ai épié mesdemoiselles Mérine et Stella, je connais le contenu des lettres qu'elles ont reçues. Ce soir même, MM. Édouard d'Aussay et René de Morieux, aidés de quelques-uns de leurs amis, doivent enlever celles de nous qui voudront les suivre. On m'a proposé de partir avec elles. J'ai demandé à réfléchir, et je suis venue tout vous apprendre.

— Ophélie, je vous remercie de cette révélation, et je vous sais gré du rôle de dénonciatrice que vous vous êtes imposé, bien qu'il doive répugner à votre délicatesse. Demeurez ici et n'en remuez pas. Je vais prendre mes mesures pour que ceux qui m'ont trompé soient trompés à leur tour.

Hector s'inclina alors sur la main qu'on lui tendait et y déposa un baiser dans lequel, désormais, il lui était permis de mettre un peu de l'amour contenu dans son cœur. Puis il sortit, tandis qu'Ophélie allait prier Dieu de veiller sur lui.

C'était un type curieux à étudier que cette jeune fille destinée à devenir duchesse de Valliguière. Élevée jusqu'à l'âge de dix ans comme une paysanne, elle s'était soudainement trouvée dans un monde nouveau pour elle, et de sa vie modeste, elle était entrée dans une existence pleine de luxe. D'abord elle n'avait pas su le nom de son ravisseur, et c'était sans connaître celui qui lui prodiguait des bienfaits, pour le moment gratuits, qu'elle reçut de l'instruction et une éducation distinguée.

Un jour les coutumes changèrent. On lui donna un maître de danse, puis on la réunit à d'autres jeunes filles comme elle, dont elle se tint toujours un peu éloignée. Ce fut seulement alors qu'elle sut pour quel motif on l'avait enlevée à son père. Elle vit en même temps Hector et peu à peu l'aima. D'abord indignée contre lui, elle sentit s'éteindre ses sentiments de haine, et ils cédèrent la place à des sentiments plus doux. Elle n'oublia pas son père et ne cessa pas de l'aimer ; mais en dehors de ses plaisirs, affectant pour ses compagnes un dédain mélangé de pitié, et s'isolant volontiers, tout entière à son amour, lisant beaucoup, priant en souvenir des prières de son enfance, son caractère se forma d'une étrange façon. Il y eut en elle un mélange original de qualités et de défauts qui donnait à sa nature une forme plus attrayante. A la fois pieuse et superstitieuse, tenant en même temps d'une sainte et d'une bohême, elle n'avait besoin que de la fréquentation assidue d'un monde honnête pour voir développer tous ses bons instincts aux dépens des mauvais, qui disparaissaient chaque jour davantage.

Telle était la jeune fille qu'Hector avait choisie, et que, fidèles à leur coutume de ne jamais contrarier le choix de leurs enfants, Roland et Fabrice avaient acceptée comme la future duchesse de Valliguière.

En la quittant, Hector s'était rendu auprès d'eux et leur raconta tout ce qu'il venait d'apprendre. Les trois Valliguière tinrent alors conseil, et si Hector apporta dans cette conférence la fougue de ses trente ans, Roland et Fabrice y apportèrent l'expérience et la gravité de leur âge. Sur leur avis, Jacques Fleury fut mandé et introduit auprès d'eux.

XII

Quelqu'un a dit qu'un secret connu de trois personnes n'est plus un secret. En dépit de ce proverbe, celui d'Edouard et de René, auquel trois de leurs amis et les danseuses avaient été mêlés, fut fidèlement gardé. Il est bien entendu que nous ne parlons pas de la révélation d'Ophélie. Quoi qu'il en soit, le soir du grand jour, après les danses de la prairie, qui avaient eu lieu comme à l'ordinaire, un vacarme étourdissant régnait dans le salon où la séduisante compagnie avait l'habitude de se réunir. C'était un bruit à ne pas s'entendre. Mérine et Stella donnaient leurs instructions à leurs complices. Ophélie seule manquait. Mais trop préoccupées d'elles-mêmes, ses compagnes l'avaient tout à fait oubliée. La Malaise, l'Égyptienne et les Chinoises, ne comprenant pas un seul mot de français, avaient été engagées à leur insu dans la conjuration, et semblaient, du reste, fort disposées à suivre l'exemple qu'on leur mettait sous les yeux. A force de ruse et de signes, Stella, qui déclarait souvent à l'Opéra avoir des préférences pour les étrangers, Stella, disons-nous, parvint à faire comprendre aux pauvres filles qu'il fallait se tenir à minuit dans la prairie. Elles promirent d'être exactes.

Il serait trop long de raconter ici par quels étonnants hasards elles se trouvaient à plusieurs mille lieues de leur patrie, sur les rives bretonnes et dans le château de Lamôle. Qu'on se contente de savoir qu'à cette heure elles assistaient aux apprêts de la délivrance, sans trop savoir ce dont il s'agissait.

— Quelles momies ! disait Mérine, tandis que Stella essayait de les initier aux finesses de la langue française et du dictionnaire de l'Académie. Vous verrez qu'elles feront tout manquer !

A neuf heures, ces dames se regardèrent un peu troublées. L'instant approchait. A dix heures, elles renvoyèrent leurs femmes de chambre, qui furent fort étonnées. On n'avait pas ainsi coutume d'adoucir les fatigues de leur service. A onze heures, on songea à sortir.

— Voyons, dit Mérine à voix basse, sommes-
nous au complet ?

Elle compta ses compagnes, et, en se comprenant, elle n'arriva qu'au chiffre onze.

— Qui manque ? s'écria-t-elle.

— C'est Ophélie, répondit-on.

— Ma foi, tant pis pour elle. Si elle n'est pas
là, c'est qu'elle ne veut pas partir.

— Je me suis toujours défiée d'elle, dit Stella.
Pourvu qu'elle ne nous trahisse pas !

— Elle ? reprit Mérine ; tu ne la connais
guère. En ce moment, on viendrait nous dire
que tout est découvert, que je ne la soupçonne-
rais même pas. Elle est un peu bégueule, un peu
fière, un peu grande dame ; elle a tous les défauts, mais elle est sûre, et on peut se fier à elle.
Mais, continua-t-elle, nous perdons notre temps.
Il est convenu que nous allons nous rendre l'une
après l'autre, et doucement, au pied du rocher.
Nous n'emportons rien avec nous. Nous récla-
merons notre bien plus tard. Pour le moment
il s'agit de s'échapper. Tout le monde est prêt ?

— Tout le monde !

— Partons. Je passe la première, et Stella ne
viendra qu'après vous avoir toutes vues sortir.

Et là-dessus, Mérine alla doucement ouvrir

la porte, et... Jacques Fleury entra. Devant cet essaim de beautés, pour nous servir d'un style mythologique, il resta ébloui.

— Qu'elles sont belles ! se dit-il.

Il n'avait jamais été introduit au sein de cette aimable compagnie, dont il n'était pas connu. Aussi, tandis qu'il demeurait en admiration, Mérine, d'abord effrayée, eut le temps de se remettre.

— C'est l'un des conjurés, pensa-t-elle. Et reprenant tout haut :

— Monsieur, vous venez nous chercher ?

A ces mots, Fleury se frappa le front.

— Quelle idée ! dit-il à part. Et moi qui étais embarrassé !

— Eh bien ! monsieur, reprit Stella.

— Oui, mesdames, reprit-il alors, oui, je viens vous chercher. Seulement tout est changé.

— Comment ?

— Ces messieurs ont reconnu que l'ascension du rocher était trop périlleuse pour vous, et ils ont imaginé autre chose.

— Quoi donc ?

— Une grande chaloupe est là, contre la prairie. Vous allez doucement vous embarquer, et je vous conduirai au prochain rivage, où ces messieurs sont allés vous attendre.

— J'aurais préféré le fauteuil de corde, dit Mérine.

— Moi aussi, soupira Stella ; mais enfin...

— Fiez-vous à moi, mesdames, reprit Jacques Fleury. J'ai l'habitude de la mer, et nous serons rapidement arrivés.

Rassurées par ces paroles, les danseuses, bien enveloppées dans leur mante, suivirent leur pilote, qui les conduisit par la prairie jusqu'en un lieu où, grâce à un bloc de pierre engravé dans le sable, il était facile de s'embarquer. Deux hommes inconnus étaient déjà dans la chaloupe, qui était fort grande. Les danseuses entrèrent l'une après l'autre, s'assirent sur les bancs, et, pressées entre elles par la frayeur, elles dirent :

— Nous sommes prêtes.

Jacques Fleury entra à son tour, se mit au gouvernail, et, sous l'effort de quatre vigoureuses rames, la barque quitta le rivage. En disant qu'il connaissait la mer, Fleury ne trompait pas ses voyageuses. Il fallait bien la connaître, en effet, pour se risquer à travers les mille récifs qui bordent la côte en cet endroit. Cependant, en une demi-heure, on était en plein Océan.

— Où allons-nous ? demanda Mérine.

— A l'île de Lamôle, madame. On vous y attend, répondit Jacques. Et, intérieurement, il se félicitait d'avoir pu emmener si facilement, loin du château et sans se faire connaître, les danseuses qu'on lui avait confiées et contre lesquelles il eût au besoin employé la force, si la force avait été nécessaire pour les retenir.

A minuit, Édouard d'Aussay, Louis de Morieux et leurs trois amis étaient au sommet du rocher de Lamôle. Ils avaient pu sortir du château sans donner aucun soupçon, et, à force de peine et d'efforts, ils avaient atteint le but très élevé de leur nocturne excursion. Ils attendirent assez longtemps, mais ce fut en vain. Un moment, ils crurent voir en pleine mer briller une petite flamme. Ils supposèrent qu'une barque passait au loin, et ils ne se trompaient pas.

Quand minuit eut sonné, Édouard se leva.

— Allons, messieurs, dit-il, l'heure est venue, du courage !

— Nous sommes prêts, lui répondit-on.

Alors, il s'étendit à plat-ventre sur la pierre, et, passant sa tête au-dessus des broussailles, il fit entendre un sifflement qui devait servir de signal. Rien ne répondit. Il recommença et fut

10

lui-même effrayé du bruit qu'il produisit, dans la paix immense de cette nuit silencieuse que troublaient à peine les sourds murmures de l'océan.

— C'est étrange, fit-il. Et il plongea son regard dans la prairie.

La nuit était claire et on distinguait très visiblement les objets. Mais il ne vit rien. Tout était calme, et nulle part on n'apercevait ni femmes ni lumières.

Il se releva.

— Messieurs, ou nous sommes trahis, ou il y a malentendu, dit-il ; dans les deux cas, tout cela est à recommencer. Ne nous décourageons pas. Rentrons sans tumulte au château, et prenons, une autre fois, nos mesures de telle sorte que nous n'ayons plus à craindre une déception.

Après avoir prononcé gravement ces paroles, il donna lui-même l'exemple de la retraite, en redescendant le premier les flancs de la montagne. La descente fut aussi périlleuse que l'ascension ; mais ils arrivèrent sans accident dans le sentier. Tout à coup, et tandis qu'ils se croyaient seuls, un homme se leva au milieu d'eux, et, sortant de dessous son manteau une lanterne qu'il y tenait cachée, il éclaira d'une façon subite le visage des cinq conjurés.

— Trahison ! s'écria Édouard en tirant du fourreau le poignard dont, par prudence, il s'était muni, à l'exemple de ses compagnons.

Un éclat de rire lui répondit, mais un rire sec, tremblotant, quelque chose qui révélait un vieillard.

— Comment, dit une voix grêle, ces messieurs ne me reconnaissent pas ?

— J'ai entendu cette voix quelque part, fit René.

Et arrachant la lanterne aux mains de celui qui la tenait, il la retourna sur son visage.

— Le vieux Benoît ! s'écria-t-il.

— Moi-même, messieurs, répondit le bonhomme ; je suis fort honoré de me trouver en votre compagnie.

— Est-ce lui qui nous aurait trahis ? se demanda Édouard. Et il reprit tout haut :

— Que faites-vous ici à pareille heure, vieillard de malheur ?

L'obscurité empêchait de bien distinguer le visage de Benoît. Sans cela, il eût été facile de voir un méchant sourire sur ses traits ridés.

— Ce que je fais ici, répondit-il, dois-je vous le faire savoir ?

— Parlez, ou sinon...

— Vous ne m'effrayez pas, messieurs, entendez-vous? Je fais ici ce que vous y faites vous-mêmes.

— Comment! que voulez-vous dire? balbutia René.

— Messieurs, j'ai quitté Valliguière, il y a sept jours, et je suis venu pour réclamer ma fille qui m'a été enlevée. Mais avant de me présenter au château, j'ai voulu visiter les lieux dans lesquels mon enfant est captive, et si on refusait de me la rendre, je l'arracherais à ses ravisseurs.

— Arrachez-la-leur tout de suite, s'écria Édouard en devinant un auxiliaire dans le nouveau venu, et aidez-nous à enlever les autres jeunes filles qui se trouvent ici.

— C'est donc pour ce motif que vous êtes au pied de ce rocher tous les cinq, à cette heure de la nuit? Soit! je consens à vous prêter mon secours, à mettre à votre service ce que je sais sur ce château de malheur, à être votre guide; mais en revanche vous m'aiderez, vous, à retrouver ma fille et à la reconquérir.

— Nous vous le promettons, s'écrièrent d'une seule voix les cinq conjurés. Guidez-nous, et

nos bras accompliront la tâche que l'amour paternel vous impose.

— C'est bien, messieurs, répondit Benoît ; il
est une heure du matin : il faut qu'à six heures,
au point du jour, nous soyons loin d'ici.

Il se fit alors raconter les circonstances dans
lesquelles le complot avait été résolu, comment
il s'accomplissait et comment, soit défaut d'en-
tente ou trahison, il venait d'être déjoué par
l'absence des danseuses. A son tour, Benoît répéta en deux mots ce qu'on sait déjà sur sa fille.

— Maintenant, reprit-il, il s'agit de pénétrer
dans le château.

— C'est impossible !

— Pour vous, peut-être, mais non pour moi.
Nous sommes ici au pied du rocher de Lamôle.
Eh bien, il y a sous ce rocher un souterrain
qui conduit dans l'enceinte du château, au bord
de la mer. De là, nous devons trouver la route
d'un pavillon où les danseuses sont renfermées.

— Oui, c'est cela, dit René.

— Quelle aventure ! murmura Édouard. Un
souterrain ! des conjurés ! des poignards ! minuit ! Quel drame pour la Gaîté !

Tandis qu'il faisait cette réflexion, Benoît,
muni de sa lanterne, se penchait vers la terre

et semblait compter les pierres enfouies dans les crevasses du rocher. Il s'arrêta tout à coup, et, montrant aux conjurés un gros bloc qui cachait mal un grand trou :

— Voilà le souterrain. Il s'agit de soulever la pierre et de dégager l'entrée.

— En êtes-vous bien sûr ? demanda René.

— Soulevons la pierre, et vous verrez si je me suis trompé.

Sur cet avis, les six compagnons réunirent leurs forces, et après avoir fait osciller le quartier de roche, ils parvinrent à le dégager. L'entrée du souterrain s'offrit alors à leurs regards. Cette entrée était assez élevée, et le sol uni et battu par l'usage. Quelques papillons de nuit, des chauves-souris qui avaient élu domicile dans les aspérités de la montagne, s'envolèrent à la lueur de la lanterne que portait Benoît.

— Allons, messieurs, s'écria le bonhomme en brandissant le bâton qu'il tenait à la main, en route et du courage.

Et il s'engagea sous la sombre voûte. Édouard, René et leurs amis le suivirent, entraînés par son accent convaincu et par l'énergie de ses résolutions.

XIII

Cependant le pavillon des danseuses n'était point désert. Ophélie y était demeurée, après le départ de ses compagnes; et à l'heure où tant d'événements s'accomplissaient dans l'ombre, elle était enfermée dans son appartement. Agitée par les aventures de cette émouvante journée, craignant quelque malheur, elle allait et venait, inquiète, épiant avec anxiété chaque bruit et se penchant à sa fenêtre pour écouter les murmures de la nuit et pour découvrir le danger, si le danger venait à se montrer.

Elle était là depuis longtemps, lorsque des pas résonnèrent dans la salle qui précédait son boudoir. Elle courut ouvrir la porte, et Hector se présenta.

— Eh bien? lui demanda-t-elle.

— Rien encore, ma chère belle, et je crois fort que vous nous avez donné une fausse alerte.

— Quoi ! vous n'avez rien découvert, rien entendu ?

— Un sifflement, il y a quelques heures, mais il n'a pas duré.

— Mais, c'est cela ; vous voyez que je n'avais pas tort. Ce sifflement, c'était le signal qui devait réunir vos danseuses au pied du rocher.

— Dans ce cas, dit Hector en souriant, ceux qui l'ont donné ont attendu vainement qu'on réponde à leur appel.

— Du moins, ne craignez-vous pas qu'ils se portent à quelque excès ?

— Contre quoi ? contre qui ? S'ils parviennent à pénétrer dans le château, ils n'y trouveront personne. Tous les domestiques dorment, et ces petits conjurés prendront peut-être le parti d'aller en faire autant. S'ils arrivent jusqu'ici, je leur demanderai de quel droit ils viennent troubler le repos de mon père et de mon grand-père et la solitude du duc et de la duchesse de Valliguière.

— Hector ! murmura Ophélie en rougissant.

— Oui, la duchesse de Valliguière, car vous la serez, et vous l'êtes déjà par le fait de ma volonté. N'avez-vous pas mon cœur ? N'allez-vous pas avoir mon nom ?

Et, disant ces mots, il s'agenouilla aux pieds de la jeune fille et couvrit de ses baisers une main qu'on ne retira pas.

— Relevez-vous, Hector, je vous en supplie.

Il obéit, et reprenant la conversation :

— Dans tout ceci, j'ai suivi les conseils de mon père et de mon grand-père. C'est sur leurs avis que Jacques a conduit loin d'ici vos anciennes compagnes. Qu'ils viennent donc, ces voleurs de secrets ! Qu'ils viennent, et nous verrons ce qu'ils auront à dire quand je leur prouverai qu'il n'y a rien, dans ce château, de ce qu'ils y cherchent. Mon père et mon grand-père sont là, ajouta-t-il en montrant la pièce voisine. Ils attendent l'issue des événements. Je vais les rejoindre. Vous, cher ange, restez ici et ne craignez rien. Au moindre appel, nous serons à vos côtés.

Il sortit, après avoir adressé un doux sourire à celle qu'il aimait. Comme il l'avait dit, Roland et Fabrice attendaient. La nuit ne leur paraissait pas trop longue. Il s'agissait de sauver l'honneur de leur maison, de prouver qu'ils n'étaient pas des ravisseurs de filles, et ils ne

pouvaient arriver à ce résultat qu'en allant cacher au loin ce qu'ils considéraient comme leur
plus cher trésor. D'autres partis s'étaient offerts
à eux. Ils auraient pu rendre la liberté à leurs
captives, au moment où des inconnus se présentaient pour les délivrer. Mais n'était-ce point
paraître reculer ? La crainte de se montrer tels
les avait empêchés d'exécuter ce plan, d'abord
proposé par Hector. Ils auraient aussi pu faire
de la résistance ; mais elle était impossible sans
effusion de sang, et ils ne voulaient pas assom-
brir, par des images de mort, ce qui pour eux
n'était qu'une comédie jouée par de jeunes fous.
Ils avaient donc confié à Jacques Fleury le soin
d'éloigner les danseuses, résolus à leur rendre
la liberté lorsqu'ils n'y paraîtraient plus con-
traints. Le vieil orgueil de la famille les inspirait en cette occasion, et ils suivaient aveuglé-
ment ce qu'il leur dictait.

C'était un spectacle original que celui de ces
deux vieillards, au front penché, au regard
immobile, écoutant sonner, l'une après l'autre,
toutes les heures de la nuit. On eût dit les
sénateurs de Rome, assis sur leur chaise cu-
rule, sous le portique de leurs demeures, attendant, en pleine tranquillité d'esprit, l'invasion

des barbares qui allaient ruiner leur patrie.

Quand Hector rentra dans la salle où ils se trouvaient, ils levèrent les yeux vers lui, comme pour l'interroger; mais ils devinèrent aussitôt qu'il n'avait rien à leur apprendre et retombèrent dans leur méditation. Tout à coup, la porte s'ouvrit avec violence et Ophélie leur apparut. Elle était pâle, mais calme, et ce fut d'une voix ferme qu'elle dit :

— Hector, il y a des hommes dans la prairie.

— Ils ont découvert le souterrain, fit silencieusement Fabrice.

Et il se leva.

Le vieux Roland se leva à son tour, et, s'avançant vers Ophélie :

— Venez vous placer entre nous, ma fille, lui dit-il en la prenant par la main, car désormais vous êtes notre fille, puisque notre fils vous a choisie, et nous verrons bien s'ils oseront porter la main sur la duchesse de Valliguière.

Et les deux vieillards, ayant placé Ophélie entre eux, firent quelques pas jusque sur le seuil de la salle. Hector de Valliguière se tenait debout devant son grand-père. Les vingt bougies d'un lustre éclairaient cette scène.

Guidés par ces lumières qui faisaient res-

plendir les croisées et qu'ils n'avaient pu voir
du haut de leur rocher, les conjurés, en se
trouvant, après une longue course, dans la
prairie, se dirigèrent vers le pavillon. A leur
grande surprise, la porte était ouverte. Ils s'en-
gagèrent dans l'escalier de marbre blanc qui
conduisait au premier étage, et ils entrèrent
hardiment dans un salon ouvert devant eux.

Benoît, l'œil fixe, la voix rauque, la poitrine
haletante, montait en avant, regardant de tous
les côtés, cherchant à reconnaître sa fille jusque
dans les statues qui ornaient l'intérieur de cette
partie du château. Édouard venait ensuite, et
ses compagnons le suivaient. Ce fut ainsi que
les gentilshommes, marchant sur les traces du
vieux paysan, arrivèrent, presque sans s'en
douter, devant le groupe formé par Ophélie et
les Valliguière. Ils n'aperçurent pas d'abord la
jeune fille et demeurèrent frappés d'étonnement à la vue des deux vieillards, qui, sous
leur robe de velours noir, semblaient deux
magiciens sortis du tombeau pour venir ajouter,
par leur présence, à l'enchantement de ces
lieux. Dans le groupe, ils ne tardèrent pas à
distinguer Ophélie. Benoît ne la reconnut pas
d'abord, et soit respect, soit crainte, il recula

derrière ses complices. Ophélie, troublée par ce qu'elle voyait, ne le remarqua pas ; Édouard se trouva donc à la tête des conjurés, et, saisi par le spectacle qui s'offrait à ses regards, il resta bouche close, tandis qu'il éprouvait le besoin de parler. L'émotion produit souvent de ces effets.

— Que désirez-vous, messieurs ? demanda, non sans hauteur, Hector de Valliguière.

Édouard cherchait sa réponse, et chacun garda le silence.

— Messieurs, reprit Hector, j'ai eu l'honneur de vous demander l'objet de votre visite à cette heure.

Édouard comprit qu'il fallait à tout prix sortir de ce mauvais pas, et après avoir jeté les regards sur Benoît, qui se tenait derrière lui :

— Monsieur, dit-il, voici un homme qui se plaint de vous. Sa fille lui a été enlevée, et nous lui avons prêté notre aide pour qu'il la retrouve.

Pendant ce temps, Ophélie avait reconnu son père et, d'un pas courageux, s'était avancée au-devant de lui. Il ne l'avait pas vue depuis douze ans. Il l'avait perdue enfant, il la retrouvait belle comme une jeune fée, et un moment il hésita. Mais son cœur ne resta pas muet, il parla, et ce père, si longtemps sevré des baisers de sa fille, ne douta plus.

— Ma fille ! s'écria-t-il en lui ouvrant les bras.

— Mon père !

Cette scène émouvante empêcha Hector de répondre à la question d'Édouard ; mais se tournant vers les cinq jeunes gens, qui demeuraient interdits :

— Messieurs, leur dit-il, j'ai l'honneur de vous présenter la duchesse de Valliguière.

Benoît entendit ces mots. Il les saisit au passage au milieu des caresses qu'il prodiguait à son enfant, et tandis que le ressentiment longtemps amassé contre la maison de Valliguière se préparait à éclater, ces paroles tombaient sur son cœur comme de l'eau froide sur des charbons ardents.

— Qu'ai-je entendu ! s'écria-t-il, ma fille, duchesse de Valliguière !

Celle-ci ne répondit pas, mais elle cacha son front dans la poitrine du vieillard. Ce fut alors que Fabrice de Valliguière, quittant l'immobilité qu'il avait gardée jusque-là, s'avança vers Benoît. Il lui mit la main sur l'épaule.

— Vous êtes désormais de la famille, lui dit-il. Votre fille est notre fille.

Benoît croyait rêver. Cette nouvelle, qui lui était annoncée comme un coup de foudre, était-elle bien vraie? Ne le trompait-on pas? Les baisers de sa fille lui répondirent. Il comprit tout, et allant se mettre à genoux devant Roland de Valliguière :

— Pardon ! dit-il.

Roland le releva et l'embrassa, comme un père embrasse son enfant.

— Voilà un déserteur, dit René à Édouard, et de plus votre rêve d'amour est détruit. Votre belle adorée, celle que vous aviez choisie par avance, est la duchesse de Valliguière.

— L'aventure se termine très mal, répondit à voix basse Édouard.

Pendant ce court échange de phrases, Hector jouissait de l'embarras des conjurés. Il les regardait avec un sourire plein d'insolence, et contre lequel, pourtant, il n'était pas possible de se mettre en colère.

— Eh bien! messieurs, dit enfin le duc de Valliguière, vous êtes satisfaits. Votre rôle est terminé. Ce père a retrouvé sa fille; il l'a retrouvée heureuse. Il est content. L'êtes-vous comme lui?

Édouard avait eu le temps de réunir ses esprits, un peu égarés par tout ce qu'il voyait, et, se sentant soutenu par ses compagnons, il résolut de payer d'audace.

— Non, monsieur le duc, répondit-il, nous ne sommes pas contents. Benoît a retrouvé son enfant, dont vous avez fait une duchesse. Nous, nous cherchons encore les ravissantes filles que vous avez enlevées à l'Opéra et au monde parisien. Nous venons vous les réclamer.

— De quel droit ? demanda fièrement Hector.

— Du droit du plus fort, monsieur le duc.

A ces mots, Hector devint sombre ; ses dents se serrèrent l'une contre l'autre.

— Est-ce une bataille qu'il vous faut ? dit-il.

— Bataille, soit. Bataille et passage !

Et Édouard leva son poignard en regardant ses compagnons, qui imitèrent son exemple. Ophélie poussa un cri et vint se suspendre au bras d'Hector, qui, quoique sans armes, attendait ses ennemis de pied ferme. Le vieux Benoît bondit, et, se plaçant devant elle, il brandit son bâton avec une vigueur dont on ne l'eût pas cru capable.

— J'assomme comme un chien le premier de vous qui s'avance ! s'écria-t-il.

A ces mots, Édouard recula, effrayé par l'arme terrible du vieillard. Roland de Valliguière profita de ce contre-temps pour prévenir une mêlée. Il s'avança gravement, appuyé sur le bras de Fabrice, et se retournant vers les cinq jeunes gens, qui, bien que menaçants, s'étaient cependant pressés les uns contre les autres :

— C'est ainsi, dit-il d'une voix accentuée, c'est ainsi que vous payez l'hospitalité qu'on vous a donnée? Vous êtes de jeunes fous. De mon temps, nous l'étions davantage, mais nous ne nous déshonorions pas. Vous êtes venus, à la faveur de l'amitié, former ici de lâches complots. Vous avez voulu faire une conspiration. Enfants! marmousets! Vous désirez, dites-vous, rendre la liberté aux filles que vous avez vues ici. Vous n'avez aucun droit pour cela. Elles sont venues de plein gré, sans y être forcées, entendez-vous? et elles n'ont que faire de votre secours. Elles sont sous ma sauvegarde à moi, qui ne suis plus de votre siècle, et si vous insistez pour les voir, pour les délivrer, je vous répondrai : « Cherchez-les, » et vous ne les trouverez pas. Et lorsque vous irez raconter ces choses à vos amis, ils riront de vous. Cherchez-

11

les donc, et allez ensuite dire à vos magistrats ce que vous avez vu ! Imprudents ! qui venez ici faire du tapage, vous ne savez donc pas que sur un mot, sur un ordre, cinquante valets sortiraient de ces murs et vous réduiraient à néant? Vous êtes des enfants, mais vous êtes aussi de méchants cœurs. Sortez donc, messieurs, et ne venez pas insulter un vieillard dans sa maison.

Fabrice allait, à son tour, ouvrir la bouche; Roland l'arrêta.

— Taisez-vous, mon enfant, lui dit-il. Suivez-moi. Notre présence ici n'est plus nécessaire. Ces messieurs m'ont compris.

Et il sortit, suivi de Fabrice, d'Ophélie, de Benoît et d'Hector, qui semblaient être ses sujets, tant il avait l'air d'un souverain.

Édouard et ses amis se regardèrent un moment, honteux et dépités.

— Avez-vous lu les *Burgraves*, vous autres? demanda le premier avec un ricanement.

— Oh ! le maudit vieillard ! s'écria René. Nous avons été joués.

— Il ne sera pas dit, s'écria Édouard, que nous resterons sous le coup d'une telle mystification. Nous avons une revanche à prendre, messieurs, et nous la prendrons par tous les moyens. Suivez-moi, nous allons jouer le tout pour le tout. Tant pis pour ceux qui de la comédie auront fait un drame.

Une heure après, ils étaient hors du château, après avoir repassé le souterrain, et ils se dirigèrent vers Saint-B..., à pied bien entendu, car la courtoisie des Valliguière n'allait pas jusqu'à leur offrir des chevaux. Le jour commençait à paraître. Cette scène inouïe avait duré une partie de la nuit.

A Saint-B..., ils descendirent à l'hôtel de la Poste. Mais quelle ne fut pas leur surprise en apprenant, par le maître de l'hôtel, que leurs bagages les avaient précédés et que leurs chambres étaient prêtes !

— Par qui avez-vous été prévenu de notre arrivée? demanda Édouard.

— Par un homme que je ne connais pas, répondit le propriétaire de l'hôtel.

— M. de Valliguière nous a mis à la porte de chez lui en vainqueur insolent. Mais, pour avoir gagné une fois, il n'échappera pas à nos colères, et notre revanche sera éclatante.

Ayant dit ces mots, auxquels tous ses amis applaudirent, Édouard, suivi seulement de René, se dirigea vers la maison de Jacques Fleury,

XIV

A deux lieues du château de Lamôle, en
pleine mer, on trouve deux petites îles, au sol
rocailleux et planté seulement de bruyères et
de genêts, si abondants en Bretagne. L'une
d'elles, visitée à de rares intervalles par les
pêcheurs que quelque orage soudain a surpris,
porte le nom de l'île de Lamôle. Il n'y a d'autre
abri que de mauvaises cabanes et une grotte
assez spacieuse, où, pendant l'hiver, les pêcheurs condamnés à passer la nuit dans l'île
viennent se réfugier autour d'un bon feu, qui
réchauffe leurs membres engourdis, en même
temps qu'il cuit leur maigre repas.

Le soir où tout se préparait au château de
Lamôle pour l'enlèvement des danseuses, deux
hommes jeunes et vigoureux, vêtus du pantalon
et de la vareuse de laine, étaient fort occupés à

meubler la grotte dont nous avons parlé. Meubler ! le mot peut paraître étrange. Rien n'est plus vrai cependant. Ils avaient, à l'aide d'un grand rideau de damas bleu, séparé la grotte en deux parties. Dans celle du fond, ils avaient allumé une grande lanterne suspendue à la voûte, couvert le sol de tapis épais et placé sur ces tapis, à distances égales, onze couchettes, faites de paille, de moelleux matelas et de chaudes couvertures. Ce petit dortoir improvisé, ils passèrent dans le premier compartiment, l'éclairèrent aussi, au moyen d'une lanterne, et mettant le feu à un amas de bois jeté dans le milieu de la grotte, ils eurent bientôt communiqué une douce chaleur à tout ce qui les entourait. Ce travail terminé, l'un d'eux sortit de son gousset une grosse montre en argent :

— Il n'est que dix heures, dit-il, nous avons du temps devant nous. Notre monde ne doit arriver qu'à minuit.

Il s'étendit devant le feu, étira ses membres fatigués et se mit en devoir de fumer une énorme pipe qu'il avait prise dans un coin où, par prudence, il l'avait déposée avant de se mettre au travail. Son compagnon, plus jeune que lui, l'imita ; mais, cessant tout à coup de bourrer de tabac le vaste four de son *brûle-gueule* :

— Dis donc, Audren, demanda-t-il, pouvons-nous fumer ici ?

— Pourquoi cette question, Yvon ?

— C'est que, si les dames que nous attendons craignent l'odeur du tabac, elles pourraient bien nous en vouloir.

— D'avoir fumé, n'est-ce pas ? Yvon, ce n'est pas pour rien qu'on t'a surnommé le plus galant des pêcheurs. Eh bien, ne fume pas, si cela te convient ; mais moi je ne pourrais pas vivre sans cela, et je ne me gêne pas : pour toi, à ton aise !

Et s'approchant du feu, il incendia son tabac et s'enveloppa d'un épais nuage de fumée.

— Il a raison, pensa Yvon, pourquoi se gêner ?

Et il imita l'exemple d'Audren. Ils restèrent tous les deux longtemps sans parler. Ils se reposaient dans cette somnolence qu'à défaut de sommeil, les soirées d'hiver vous procurent. De temps en temps, Audren se levait, allait chercher dans un coin une brassée de bois mort, et la flamme ardente, près de s'éteindre, s'élevait avec plus d'éclat, craquant, pétillant et jetant à droite et à gauche, comme un feu d'artifice, des milliers d'étincelles.

— Nous faisons tout de même un drôle de métier, dit tout à coup Yvon, las de garder le silence. Audren, sais-tu pourquoi toutes ces femmes vont arriver ici ?

— Ces femmes te préoccupent bien, mon garçon, répondit Audren. C'est de ton âge : mais moi j'ignore, et pourtant j'agis, car nous sommes bien payés.

— C'est vrai... nous sommes généreusement payés ; mais enfin il ne nous est pas défendu de voir si les voyageuses sont jolies.

— Non, sans doute, et si tu as l'espoir de plaire, réjouis-toi. Les femmes que nous attendons sont jeunes et belles.

A cette déclaration, le regard d'Yvon s'alluma. Il jeta sur sa toilette un rapide coup d'œil, et ses yeux, d'abord désespérés à l'aspect de ses vêtements, reprirent bientôt leur gaieté.

En somme, Yvon n'était point trop mal. Qu'on se figure un rude gars de vingt-cinq ans, taillé en Hercule et dont les membres modelés se trahissaient sous ses habits grossiers de pêcheur. Sa tête était petite et reposait, toute chargée de longs cheveux, sur un cou gros et

rond, sillonné de veines bleuâtres qui semblaient la retenir à ce buste vigoureux. Ses
mains n'étaient ni trop hâlées, ni trop grandes.
Ses yeux et ses dents eussent fait le désespoir
d'une Aspasie de quarante ans.

Plus frêle que lui, plus âgé de quelques
années, son compagnon devait autant séduire.
Audren, plus distingué que son ami, paraissait
porter sous son vaste front, dans ses yeux
calmes et recueillis, tout un monde de pensées.
On sentait que, chez cet homme, à côté de
l'ignorance des choses, il y avait l'expérience
de la vie, peut-être même des orages intimes,
et que ce qui lui manquait d'une part lui avait
été donné d'une autre.

Ces deux natures, bien qu'incomplètes, donnaient une idée de ce que peut devenir un
homme sans cesse en lutte avec un élément
puissant. L'existence qu'ils menaient, à laquelle Audren avait été conduit par une longue
suite de circonstances ; qu'Yvon, au contraire,
avait adoptée dès son plus jeune âge, cette
existence, disons-nous, élevait leur âme et
mettait en relief chez eux les qualités intellec-
tuelles qui, dans un autre milieu, n'auraient
peut-être pu se faire jour.

Leur conversation ne s'était pas continuée. Comme deux hommes vivant toujours ensemble, ils n'avaient rien à se dire, ou, si quelques paroles se présentaient à leurs lèvres, ils les repoussaient ; car le silence, lui aussi, a ses charmes et sa paresse. Soudain deux cris aigus, poussés l'un après l'autre, se firent entendre. Audren et Yvon se levèrent en sursaut.

— On arrive, dit le premier.

— Courons à leur rencontre, s'écria le second.

Et ils sortirent de la grotte. En cinq minutes, ils arrivèrent au bord de la mer, dans le seul endroit du rivage où l'île fût abordable. Un homme, debout dans la barque, aidait plusieurs femmes à débarquer. Yvon en compta onze. Il leur tendait la main, les soulevait dans ses bras, les déposait à terre, et cette besogne lui souriait assez. Cependant l'obscurité de la nuit empêchait de voir si elles étaient jolies. Mais il n'en doutait pas. Audren l'avait renseigné à cet égard. Après que la barque eut été vidée des voyageurs et de l'eau qui y était entrée, les rameurs l'attachèrent solidement.

— En marche ! dit alors celui qui paraissait le chef de la petite troupe. Tout est-il prêt ? demanda-t-il à Audren.

— Tout, répondit celui-ci.

— C'est bien.

Cependant, en se dirigeant en silence vers la grotte, Yvon guidait tout le monde par les petits chemins de l'île, et les danseuses, — car on a deviné que c'étaient elles, — le suivaient en silence, n'osant interroger Jacques Fleury, qui, jusqu'à ce moment, ne les avait pas quittées.

Enfin, on arriva dans la grotte, et la vue du bon feu qui brillait dans cette étrange chambre rassura les belles voyageuses. Mérine et Stella respirèrent. La seconde tourna ses grands yeux vers Jacques Fleury et l'interrogea.

— Allons-nous trouver ces messieurs, au moins?

— Mademoiselle, ils ne seront ici que demain, et peut-être seulement dans deux jours.

— Mon Dieu! que c'est long! Deux jours dans cet affreux pays!

— Vous ne vous ennuierez guère, en songeant que votre liberté est à ce prix; d'ailleurs, vous êtes en bonne compagnie et en lieu sûr.

En disant ces mots, Jacques souleva le rideau qui cachait le fond de la grotte, et les danseuses poussèrent un cri d'étonnement devant le dortoir qui leur était destiné.

— Nous coucherons là ? s'écria Mérine ; ah !
que c'est drôle.

Et pour faire l'essai de son lit, elle alla se
jeter sur l'une des couchettes.

— Mais on est très bien ici, reprit-elle.

Puis elle se leva.

— Soupera-t-on dans cette île déserte ? demanda-t-elle encore.

— Certainement, répondit Jacques Fleury.

Et appelant l'un des rameurs, il lui dit quelques mots tout bas. Celui-ci sortit en courant,
et revint, au bout de quelques instants, portant
sur son épaule une corbeille de provisions. En
un clin d'œil, le couvert fut dressé devant le
feu, et le turbulent troupeau, en soupant et en
se réchauffant, retrouva toute sa bonne humeur.

Cependant, depuis qu'elle était arrivée, Yvon
n'avait cessé de regarder Mérine. Ses yeux
brillaient comme deux escarboucles. Il sentait
battre son cœur avec une rapidité inaccoutumée
et un nuage voiler ses yeux. Il fixait la jeune
fille avec une telle persistance qu'elle s'en
aperçut, et poussant Stella, qui dévorait de son
côté d'énormes tranches de mouton des prés
salés :

— Regarde donc, lui dit-elle, ce beau pêcheur

qui se tient debout devant moi comme devant
une châsse de vierge...

— Quels yeux! répondit Stella. Ma chère,
ce garçon est en train de t'aimer, et comme il
paraît t'aimer en train *express*, demain matin,
au plus tard, il se sera déclaré.

— Tu crois?

— J'en suis persuadée.

Au bout d'un moment, Mérine quitta la table
et s'en vint causer avec Jacques Fleury. Cet
homme au visage sévère lui faisait un peu de
peur; mais il fallait bien s'occuper de quelque
chose.

— Monsieur, lui dit-elle, l'île est-elle bien
grande?

— Elle a une lieue de tour, mademoiselle.

— Pourrait-on la visiter?

— Quand il fera jour? Mais sans doute, tant
que vous voudrez!

— Non, pas au jour! Maintenant.

— Maintenant! Ce n'est pas sérieux. Vous
n'y songez pas. Il va être deux heures.

— Je vous en prie, monsieur, faites-moi
visiter l'île. Voyez, la nuit n'est pas trop noire.

— Mais il fait très froid.

— J'ai mon manteau. D'ailleurs, notre traversée de tout à l'heure m'a appris à tout braver.

Jacques Fleury était visiblement contrarié.
Cependant il parut prendre son parti.

— Puisqu'elle le veut ! pensa-t-il. Et il reprit :

— Soit ! mademoiselle, je consens à ce que
vous voulez. Mais vous n'irez pas seule.

— Qui vient avec moi ? s'écria Mérine en se
tournant vers ses compagnes.

Yvon fit un pas et s'arrêta. Les danseuses ne
répondirent pas. Les unes dormaient, les autres jouaient aux cartes, et Stella mordait sur
sa troisième tranche de mouton.

— Je ne puis pourtant aller me promener
seule, dit Mérine.

Jacques la tira d'embarras.

— Choisissez un cavalier, mademoiselle.

Le conseil parut sourire à la jeune fille. Elle
réfléchit un instant et alla ensuite vers Yvon :

— Monsieur, lui dit-elle avec une grâce parfaite, voulez-vous bien m'offrir votre bras pendant ma promenade ?

Yvon resta interdit. Il balbutia quelques mots
incompréhensibles. Ses yeux allèrent de Mérine
à Jacques Fleury, de celui-ci à celle-là.

— Allons donc, lui cria Jacques, ne fais pas
attendre mademoiselle.

Il ne prononça pas un mot ; mais il offrit son bras, sans trop de gaucherie, à Mérine, qui s'était enveloppée dans sa mante. Elle l'accepta avec un sourire, et ils sortirent tous les deux.

Ils rentrèrent au bout d'une heure. Mérine était transie de froid. Mais Yvon était rouge comme un coquelicot.

— Il y a du nouveau, pensa Audren.

Mérine remercia son cavalier et alla rejoindre dans leur chambre ses compagnes, qui dormaient déjà. Audren et Fleury s'approchèrent alors d'Yvon.

— Où êtes-vous allés ? lui demandèrent-ils presque ensemble.

— Faire le tour de l'île, répondit Yvon avec un accent de franchise auquel il n'y avait pas à se méprendre.

— Et que t'a-t-elle dit ?

— Elle m'a parlé de moi.

— Sûrement ?

— Je n'ai pas l'habitude de mentir, Audren le sait bien.

— C'est vrai, répondit celui-ci, je dois te rendre cette justice. Mais prends garde à toi, mon ami, ne fais pas la double folie d'aimer cette sirène et de le lui dire.

— C'est déjà fait, pensa en lui-même Yvon.

Les hommes dormirent jusqu'au point du jour. A l'aube, Fleury les réveilla, et appelant Audren et Yvon :

— Je pars et ne serai de retour que dans quelques heures. Jusque-là, vous répondrez de ces femmes. Il faut que personne n'entre dans l'île. Vous avez des armes, employez-les au besoin. Personne dans l'île, répéta-t-il, à moins qu'on ne vous donne le mot d'ordre, comprenez-vous ?

— C'est compris, dit Audren ; le métier est rude, mais on le fera jusqu'au bout, partez tranquille.

Jacques alla s'embarquer, suivi seulement d'un rameur.

— Où allons-nous ? demanda cet homme.

— A Saint-B..., répondit Fleury en prenant le gouvernail. Les rames tombèrent dans les flots.

Comme il était grand jour, Jacques n'avait pas voulu revenir par mer au château. Il craignait d'éveiller les soupçons. D'ailleurs, il n'était pas fâché d'éviter le périlleux abordage de la prairie. La mer, en cet endroit, nous l'avons dit, est pleine de rochers à fleur d'eau. C'est par miracle que Jacques avait pu en sortir. Il ne voulait pas tenter le miracle une fois de plus. C'était donc sur une petite plage déserte, aux portes de Saint-B..., qu'il allait débarquer.

Or, à mesure qu'il approchait du rivage, c'est-à-dire vers dix heures du matin, cinq jeunes gens y arrivaient en toute hâte, venant de la ville. L'un d'eux braqua une lorgnette sur la barque.

— C'est lui, dit-il en se tournant vers ses camarades, mais il n'est pas seul. Il a un aide avec lui. Tant mieux !

Ils ne répondirent pas ; mais, sur son exemple, ils allèrent se cacher dans un massif de genêts qui poussait pauvrement dans un sol mêlé de sable. Ils virent Jacques sauter à terre et se diriger de leur côté, tandis que le rameur attachait la barque.

— Attention ! dit l'un d'eux.

Jacques marchait rapidement en sifflottant un air breton. Avant de s'éloigner, il avait recommandé à son rameur d'attendre son retour. Les hommes cachés le laissèrent passer, puis trois d'entre eux le suivirent du regard, tandis que les deux autres, qui étaient tout simplement Édouard d'Aussay et René de Morieux, se dirigeaient vers le rameur. Cet homme les voyait venir avec curiosité ; mais il ne s'alarmait pas encore de leur présence.

— D'où viens-tu? lui dit Édouard avec hardiesse.

— Je viens de faire une mauvaise pêche, monsieur, répondit cet homme.

— Où est ton poisson?

— Ce monsieur qui s'en va là-bas l'emporte avec lui. Si vous pouvez le rattraper, il vous en vendra, sûrement.

Édouard et René se tournèrent et virent Jacques Fleury disparaître au détour du chemin, derrière une maison inhabitée. En même temps, leurs amis revenaient en toute hâte vers eux. Ils étaient en nombre. René sauta au collet du rameur, le renversa avant que cet homme fût revenu de sa surprise, et tandis qu'il le retenait aidé de ses amis, Édouard tirait un pistolet de sa poche.

— D'où viens-tu?... et ne songe pas à mentir, si tu tiens à la vie !

A ces mots, le pauvre diable crut sa dernière heure arrivée.

— Je viens de l'île de Lamôle, messieurs, mais lâchez-moi.

— Un moment! Hier, tu y as conduit des femmes ?

— Oui, monsieur.

— Tu pourrais nous y mener ?

— Oui, monsieur.

— Combien te faut-il d'heures pour y arriver ?

— Deux heures.

On laissa le pauvre homme se relever, mais on ne le lâcha pas.

Édouard reprit alors :

— Écoute-moi. Nous ne te voulons pas de mal. Au contraire, tu seras content de nous, si tu nous sers bien. Tu vas nous conduire sur-le-champ dans l'île. Si nous y arrivons sans accident, il y a vingt-cinq louis pour toi ; si nous éprouvons des retards, quelque malheur, les balles de ce pistolet iront se loger dans ta tête et tu ne reviendras pas plus que nous : choisis maintenant.

Le pauvre homme ne délibéra pas longtemps avec lui-même. D'un côté, vingt-cinq louis ; de l'autre, un pistolet. Il n'y avait pas à hésiter.

— Messieurs, dit-il en tremblant, je vous conduirai partout où vous voudrez.

— Alors, dit Édouard, à l'île de Lamôle. Enfin ! s'écria-t-il en s'asseyant dans la barque et en invitant ses compagnons à en faire autant.

XV

Pour expliquer la scène qu'on vient de lire, nous sommes forcés de revenir en arrière et de reprendre les événements là où nous les avons laissés au chapitre treizième de cette histoire. Comme on l'a vu, Édouard et ses amis, traités de marmousets par le vieux Roland de Valliguière, et presque chassés du château de Lamôle, s'étaient retirés furieux. Cette fois, ce n'était plus seulement une question d'amour-propre qui était en jeu : ils se regardaient comme insultés par Hector de Valliguière, et ne jugeant pas un duel de nature à venger leur offense, c'était par un coup plus éclatant qu'ils voulaient le faire. Jouer à leur tour celui qui les avait mystifiés, enlever les danseuses qu'il croyait avoir cachées à tous les regards, telle était la résolution qu'ils avaient prise.

Mais, avant tout, ils avaient besoin de savoir où étaient les danseuses, et un seul homme pouvait le leur dire : c'était Jacques Fleury. C'est chez lui qu'Édouard et René se rendirent. En route, ils se posèrent une grave question. Ce fut René qui en eut l'idée.

— Jacques Fleury, demanda-t-il, est-il homme à se laisser corrompre à prix d'argent ?

— A aucun prix, il ne trahira ses maîtres, répondit Édouard.

— Comment, dans ce cas, saurons-nous quelque chose de lui ?

— En employant des moyens violents.

— Quoi ! vous voudriez...

— Mon cher René, s'écria Édouard, vous et nos amis avez bien voulu me mettre à la tête de notre expédition. Eh bien ! je suis exaspéré, car nous avons été joués comme des enfants, et m'est avis que les secrets qu'on ne voudra ni nous donner ni nous vendre, il faut les prendre.

— Nous nous engageons dans une partie dangereuse.

— Mon ami, vous êtes libre de vous retirer si vous craignez de tenir l'enjeu.

A ces mots, René s'arrêta, et regardant son ami :

— Édouard, pouvez-vous bien parler de la
sorte ? Vous savez bien que ce n'est pas en ce
moment que je vous abandonnerais, si je devais
le faire.

Comme il parlait encore, ils arrivèrent devant la maison de Jacques Fleury, où, on se le
rappelle, René avait été, une fois, si mal reçu
par une petite fille. Il le rappela en riant à son
ami.

— Nous devons être mieux reçus cette fois,
répondit Édouard en soulevant le lourd mar-
teau de cuivre.

Ce fut encore la petite fille qui vint ouvrir,
mais, cette fois, elle n'était pas seule. Une
vieille femme l'accompagnait.

— M. Jacques Fleury, demanda Édouard,
est-il visible ?

— Non, monsieur, répondit la vieille femme,
qui n'était autre que la gouvernante de Jacques.
Mais en même temps sa fille se tourna vers elle.

— Dis donc, nourrice, lui fit-elle en montrant
René, c'est le monsieur de l'autre fois.

Cette phrase fut comme un talisman : la
porte fut ouverte toute grande, et les visiteurs
invités à entrer. On les fit asseoir dans un petit
salon fort propre et presque coquet.

— Vous demandez M. Fleury? dit alors la gouvernante.

Édouard répondit par un signe affirmatif. Elle continua :

— Il sera ici dans deux heures, et si vous voulez aller à sa rencontre, je suppose qu'il débarquera sur la plage qui est aux portes de la ville.

— C'est bien, madame, je vous remercie, répondit Édouard, ne voulant pas éveiller les soupçons de son interlocutrice par de nouvelles questions.

Il sortit suivi de son ami. Lorsqu'ils furent dehors, il le regarda en souriant.

— Cela vous étonne ?

— J'avoue que je ne m'attendais guère à vous voir si vite aussi bien reçu et aussi bien renseigné. Je ne m'explique pas comment cette femme, qui doit, par habitude, être défiante, a répondu sans hésiter à la question que vous lui avez faite.

— C'est bien simple, cependant. Vous êtes venu une fois ici et on a d'abord refusé de vous recevoir. Mais la petite aura raconté votre visite à la vieille, la vieille à Jacques Fleury, et celui-ci, sûr de nous, avant d'avoir vu son maître, puisque nous lui avions donné le mot d'ordre,

aura répondu : « Je connais ce monsieur. C'est
un de mes amis. » Il paraît qu'il a oublié de
revenir sur ses paroles, depuis qu'il sait mieux
qui nous sommes, et c'est ce qui peut vous faire
comprendre comment cette femme, en voyant
sa fille vous reconnaître pour le monsieur de
l'autre fois, a eu entière confiance en nous.

— Aviez-vous prévu toutes ces choses ? demanda René à son ami.

— Franchement, non, répondit celui-ci. Le
hasard seul nous a servis. — Édouard disait
vrai ; le hasard s'était encore porté leur créancier, et le jeune homme ne se trompait pas non
plus sur les motifs qui avaient décidé si vite la
gouvernante de Jacques Fleury à répondre à
sa question.

— Maintenant, reprit-il, lorsqu'il eut, en deux
mots, mis ses amis au courant de la situation,
allons à la rencontre de Fleury. S'il est seul,
nous l'arrêterons et ne le relâcherons qu'après
avoir obtenu de lui, de gré ou de force, les renseignements qui nous sont nécessaires. Si, au
contraire, il est accompagné, nous le laisserons
s'éloigner, et c'est son compagnon que nous in-
terrogerons. Nous aurons ainsi plus facilement
une réponse.

On a vu comment ils avaient mis à exécution ce projet.

Ils étaient en mer depuis quelques minutes, lorsque Jacques Fleury arrivait chez lui. Il était à peine entré, que sa gouvernante lui dit :

— N'avez-vous pas rencontré deux messieurs qui sortent d'ici ?

— Non, répondit Fleury. Que désiraient-ils ?

— Vous voir. L'un d'eux est celui qui est déjà venu et que la petite n'avait pas voulu laisser entrer.

— M. de Morieux, pensa Jacques. Et qu'avez-vous répondu ?

— Que vous arriverez ce matin. Ils ont dû aller à votre rencontre.

— Ils savent que j'étais en mer ?

— J'ai cru pouvoir le leur dire, puisque ce sont vos amis.

Jacques Fleury fit entendre un juron des plus énergiques. Il pressentit ce qui allait se passer.

— Malheureuse ! s'écria-t-il, qu'avez-vous fait ?

— Quoi ! il ne fallait pas dire...

— Eh non ! sans doute. Non, mille fois non. Oh ! qu'on est malheureux de se voir forcé de mettre une femme dans un secret !

Et il partit en courant, sans vouloir écouter

ni les excuses ni les prières de sa gouvernante,
qui s'en allait en criant :

— Ah ! mon pauvre maître ! mon pauvre
maître !

Jacques Fleury fut en quelques minutes sur
la plage. Sa barque n'y était plus. Il comprit
tout, fixa alors son regard sur la mer, et dans
le lointain, il aperçut un point noir qui dimi-
nuait sans cesse.

— Ce sont eux, pensa-t-il. Il leur faut deux
heures ! Dans deux heures, ils seront là-bas, et
si Audren et Yvon sont les moins forts, ils
peuvent tout compromettre. Allons, du courage ! Il le faut.

Jacques Fleury se débarrassa d'une partie de
ses vêtements, il en fit un paquet qu'il attacha
sur sa tête, et ainsi équipé, il se jeta résolûment
à la nage. Il y avait une demi-lieue entre la
barque et lui.

Maintenant, si nos lecteurs veulent bien nous
suivre, nous les ferons profiter du privilège qui
nous est accordé de dépasser les voyageurs qui
se dirigent vers l'île de Lamôle par différents
chemins, et d'y arriver avant eux sans fatiguer
nos bras à ramer ou à nager.

Les danseuses se levèrent avec le soleil, vers

huit heures. Leur réveil fut annoncé par une
longue suite de cris d'étonnement, que chacune
d'elles poussait en ne se retrouvant pas dans
son lit et dans sa chambre luxueuse de Lamôle.
Stella, ne se rappelant plus où elle était, avait
perdu la mémoire des événements de la veille,
au point de s'impatienter contre sa femme de
chambre, qui n'arrivait pas à son appel et qui
se garda bien de répondre.

Enfin, peu à peu, tout s'expliqua. On se réveilla tout à fait, et, réduites à se servir de
leurs propres mains, les onze victimes des
Valliguière procédèrent en silence à leur toilette. En silence? Non, disons plutôt en tumulte,
car il y avait des imprécations, toutes les fois
qu'il manquait, ici un peigne, là des essences,
plus loin des pommades, et tout près, un peu de
rouge. On parvint cependant à se rendre présen-
table, et tout ce petit monde féminin se jugea
satisfait, après s'être regardé dans le miroir de
poche de Mlle Mérine, qui le prêta généreusement à toutes celles qui le lui demandaient.

Yvon, réveillé dès le matin pour accompa-
gner Jacques Fleury, était ensuite venu se
mettre en faction à la porte de la grotte, et Mérine, qui sortit la première, l'aperçut d'abord

et lui fit un agréable bonjour. Yvon rougit depuis la racine des cheveux jusqu'en dessous du menton.

La journée s'annonçait fort belle. Point de vilain brouillard sur la mer, mais un soleil éblouissant qui semblait, en dépit d'un froid sec, vouloir réchauffer les créatures du bon Dieu. Le ciel était bleu comme l'onde, et l'on ne savait lequel des deux se mirait dans l'autre. Enfin, cette journée de fin d'hiver portait avec elle une vague odeur de printemps, quelque chose qui ressemblait au mois de mai, un premier sourire de la nature. Yvon regardait Mérine avec ravissement. Stella sortit à son tour de la grotte. Yvon, s'il n'avait aimé Mérine, aurait aimé Stella, mais il avait vu Mérine la première, la veille au soir. C'était ce doux regard qui d'abord avait brillé devant lui, et le Breton demeurait fidèle à la première impression. Son cœur gardait toujours la trace rouge du rayon qui l'avait brûlé.

Tout le monde sortit, on déjeuna, on alla courir dans l'île : il fallait bien charmer les longueurs du temps qui devait s'écouler avant que sonnât l'heure de la délivrance.

— Sera-ce pour aujourd'hui ? demandait

Stella à Audren, qui paraissait beaucoup lui plaire.

— Je n'en sais rien, mademoiselle, absolument rien.

Vers midi, la plupart des captives étaient rentrées. Elles allaient dormir, n'ayant rien de mieux à faire. Pour Mérine, elle causait toujours avec Yvon. Audren ne pouvait se débarrasser de Stella. Il pensa tout à coup qu'il serait temps de relever de la faction le rameur qui s'y trouvait dès le matin. Il appela Yvon.

— Mon garçon, va prendre la faction, et souviens-toi de la consigne.

Yvon obéit à regret et s'éloigna bien triste. Il se retournait de temps en temps, et semblait dire à Mérine : « Si vous m'aimez, suivez-moi. » Le rameur, que Jacques Fleury avait laissé pour prêter main-forte au besoin à Audren, donna sa place à Yvon, et lui montrant un fusil rouillé jeté à son côté :

— Voilà l'arme, lui dit-il.

Et il descendit vers la grotte.

La faction n'était pas difficile à monter. Des rochers entourent l'île de tous les côtés, et elle n'est accessible que par une petite anse, large de quelques mètres seulement. C'était donc là tout ce qu'il y avait à surveiller. Yvon s'assit sur un monticule, au bon soleil, et il se mit à rêver en regardant la mer.

Était-il bien amoureux? Voilà la question qu'il essayait de résoudre, lorsqu'un bruit se fit entendre derrière lui. Il se retourna et il vit : devinez qui? Mérine.

— Quoi! c'est vous? lui dit-il avec un sourire de reconnaissance, et en se levant avec empressement.

— Je viens vous tenir compagnie. Cela vous fâcherait-il?

— Que vous êtes bonne!

Et, quittant son manteau, il le plia en quatre, en fit un siège bien moelleux et voulut aider Mérine à s'asseoir. Elle paraissait sensiblement touchée des prévenances du jeune pêcheur. Elle le remercia de la voix, du sourire et du geste : trois choses charmantes chez une jeune et jolie femme. Puis il se mit timidement auprès d'elle, d'abord un peu éloigné, ensuite se rapprochant davantage. Enfin, Mérine lui fit une place, une petite place sur le manteau.

— Asseyez-vous donc là : vous serez mieux.

Il n'eut pas le courage de refuser. Ils étaient à côté l'un de l'autre, se regardant à la dérobée, se touchant, sentant leurs haleines se confondre. Vivre ainsi ! Quelle félicité !

Tout à coup elle tressaillit.

— Monsieur ! s'écria-t-elle.

— Qu'avez-vous ? dit-il.

Et il fut debout aussitôt.

— Regardez !

Il chercha dans la direction qu'indiquait la main de Mérine : une barque s'avançait, à force de rames, vers l'île de Lamôle. Il se retourna vers la grotte, et d'une voix perçante :

— Audren ! Audren !

Il ramassa l'arme qui était à son côté.

— Mademoiselle, dit-il à Mérine, retirez-vous, je vous prie !

Elle se leva pour obéir et fit quelques pas ; mais le voyant occupé à regarder la mer, elle s'arrêta et regarda comme lui. Il avait reconnu le rameur ; mais il ne reconnaissait aucun des cinq individus qui s'avançaient, et Jacques Fleury n'était pas au milieu d'eux.

Ils étaient cependant près d'arriver. Il les héla.

— Ohé ! de la barque ! où allez-vous ?

— Dans l'île !

— Impossible de débarquer ! Passez votre chemin. On n'entre pas ici !

Édouard s'était levé et se tenait debout parmi ses compagnons.

— Nous verrons bien ! dit-il.

— Avez-vous le mot d'ordre ? demanda Yvon.

— Nous n'en voulons pas de votre mot d'ordre.

La barque approchait toujours ; elle allait arriver. Du monticule sur lequel il se trouvait, Yvon sauta sur le sable, à l'endroit où la barque devait nécessairement toucher.

— Je vous défie d'aborder tant que je serai là, cria-t-il.

Mais au même moment, une double exclamation partit de la barque et du petit roc qui servait d'observation à Mérine. La jeune fille avait reconnu Édouard et René.

— C'est vous, leur dit-elle ; vous venez donc nous chercher ?

— Pardieu, ma belle ! répondit Édouard. Voulez-vous dire à ce rustre de nous laisser approcher ?

Le mot blessa beaucoup Mérine. Cependant elle se tourna vers le jeune Breton, qui avait pâli à cette insulte.

— Monsieur, voulez-vous aider à aborder ? lui dit-elle.

Il la regarda d'un air de doux reproche et il

répondit : « Ce monsieur dira le mot d'ordre ; sinon il ne débarquera que plus tard, pour me rendre raison du mot qu'il a lâché. »

Un immense éclat de rire accueillit cette réponse. Dans la barque, les cinq jeunes gens s'étaient levés et se livraient à une hilarité prolongée. Mérine avait pitié du Breton ; mais elle admirait son courage. Elle comprit la violence de sa colère et comprit surtout que, pour le calmer, il fallait autre chose qu'un mot ordinaire. Elle l'appela.

— Yvon, lui dit-elle alors de façon à ce que lui seul entendît, et en employant pour la première fois ce petit nom, Yvon, laissez approcher la barque, je vous en saurai gré.

Le regard qui accompagnait ces paroles fit évanouir les résolutions du jeune homme. Il eut un remords cependant.

— Ah ! mademoiselle, dit-il, que m'ordonnez-vous là !

Et il allait se retirer, lorsqu'une main robuste se posa sur son épaule ; et la voix d'Audren résonna à son oreille.

— Yvon, qu'allais-tu faire ? Enfant, j'ai tout entendu. Et se retournant vers Édouard et ses amis toujours immobiles dans la barque ;

— Messieurs, je vous jure que si vous ne dites pas le mot d'ordre, vous n'approcherez pas d'ici.

— Contre cette résistance, la force est permise, s'écria Édouard. Et, tirant un pistolet de sa ceinture, il visa Audren. Mais à peine sa main, tremblante de colère, avait-elle pu se fixer sur le front du Breton, que soudain la barque reçut un choc terrible et tourna sur elle-même. Les six hommes qu'elle portait furent précipités, et ils disparurent sous les flots, tandis qu'Édouard lâchait la détente de son pistolet, dont la balle, changeant de direction, alla traverser le bras de Mérine qui perdit connaissance. Un cri de terreur se fit entendre. C'était Yvon qui volait au secours de celle qu'il aimait. En même temps, une tête sortit de l'eau, puis un corps, puis enfin Jacques Fleury se montra.

Audren devina tout.

— Les malheureux ! cria-t-il, savent-ils nager ?

— Bah ! répondit Fleury en grimpant sur le rivage, la mer n'est pas profonde ici, et nous les repêcherons. Un bain ne fait jamais de mal, même en hiver. Prrrou ! !

CONCLUSION

L'hiver parisien qui suivit les événements que nous avons racontés fut très brillant. Il y eut sur les théâtres de grandes premières représentations, d'importantes reprises et plusieurs rentrées d'artistes aimés du public, comme disent les réclames.

Un jour de janvier, le théâtre de la Porte-Saint-Martin annonçait, pour le même soir, un grand drame en cinq actes et en plusieurs tableaux, sous ce titre : *Les Mystères de Lamôle.* Quel est l'auteur de la pièce? Voilà ce qu'on se demande et ce qu'on sait du reste, assez à l'avance, dans le monde des lettres. Mais cette fois, tout le monde ignorait le nom de l'écrivain. On ne savait que deux choses : il était jeune, et sa naissance le rattachait aux meilleures maisons du faubourg Saint-Germain. Aussi, à l'heure de la représentation, y eut-il une foule élégante, appartenant à ce monde charmant qui fait tous les frais de ce qu'on appelle la vie parisienne. Dans une loge de face, on remarquait un jeune homme d'une grande distinction, quoique d'une tournure originale ; à côté de lui une belle et charmante femme, dans toute la splendeur de ses vingt-trois ans et dont la beauté attirait tous les regards. Ces deux personnes étaient le point de mire des lorgnettes les plus dorées de la salle. Dans une avant-scène de première, se tenaient deux jeunes femmes vêtues avec plus d'éclat que de goût. Elles fixaient particulièrement la loge, et la loge, à son tour, paraissait les remarquer.

Enfin, le jeune homme, qui n'était autre qu'Hector de Valliguière, se pencha vers Ophélie, — car c'était elle :

— Ne reconnaissez-vous pas les deux femmes qui vous regardent avec tant de persistance? lui demanda-t-il.

— Mais non !

— Deux de vos anciennes compagnes : Mérine et Stella.

A leur tour, celles-ci avaient reconnu le duc et la duchesse de Valliguière.

— A-t-elle fait un beau rêve celle-là, en étant enlevée ! disait Mérine. Elle est devenue duchesse, tandis que moi, je n'ai eu d'autre profit qu'une balle dans le bras.

— Bah ! répondit Stella, qui se sentait portée

à l'indulgence, tu es guérie, tandis qu'elle n'est peut-être pas heureuse. Pour moi, maintenant que je connais M. de Valliguière, je n'envie pas le sort de sa femme.

— Tu as tort. Il aime Ophélie, car elle est son premier amour et probablement son dernier.

— Crois-tu ?

— J'en suis bien sûre, ils seront heureux.

En ce moment, René de Morieux et ses amis, parmi lesquels Édouard d'Aussay ne se trouvait pas, s'installaient à l'orchestre avec un grand tumulte. Ils firent un salut d'amitié aux deux danseuses, et le regard de René s'étant croisé avec celui d'Hector de Valliguière, le premier s'inclina respectueusement.

Enfin, au parterre, dans un coin, placé de façon à bien voir Mérine, se cachait, sous un humble vêtement de paysan, le jeune Yvon, pêcheur breton. Audren était derrière son ami, veillant sur lui avec une anxieuse sollicitude.

Le rideau se leva, et le drame, dont le sujet avait été emprunté aux aventures que nous venons de raconter, se déroula sous le regard des spectateurs, au milieu des applaudissements. Aucun fait dans l'action ne différait de la réalité. Les noms seuls étaient changés. La mise en scène était splendide. Rien ne manquait, et aucun détail n'avait été oublié. Les danses entremêlées au drame furent jugées merveilleuses.

L'avant-dernier tableau représentait avec un entrain plein de terreur et d'émotion l'abordage sur l'île des conjurés et le naufrage de leur barque, soulevée par les robustes épaules de Jacques Fleury. Mais au moment où ils disparaissaient dans les flots, le dramaturge, restant fidèle à la vérité, faisait apparaître une seconde barque montée par Hector de Valliguière et par ses serviteurs, qui, se jetant à la nage, sur un signe de leur maître, allaient repêcher les naufragés. Au dernier acte, on était transporté dans la grande salle du château de Lamôle. Les trois Valliguière, Ophélie et Benoît y recevaient d'Édouard, de René et de leurs complices des excuses aussitôt acceptées que prononcées. Les danseuses étaient rendues à la liberté, et la danse des saisons, à laquelle ne se mêlaient ni Mérine, encore souffrante de sa blessure au bras, ni Ophélie, déclarée, aux yeux de tous, duchesse de Valliguière, terminait le drame. Seuls, les deux Bretons, Audren et Yvon, ne figuraient point dans le tableau final. Le rideau tomba sur les bravos les plus enthousiastes. Les

cris accoutumés se firent entendre : « L'auteur !
l'auteur ! » Le rideau relevé, le régisseur, de
noir vêtu et de blanc cravaté, s'avança sur le
théâtre. Il salua à droite, à gauche et au milieu.

— Mesdames, messieurs, la pièce que nous
avons eu l'honneur de représenter devant vous
est de M. Édouard d'Aussay : — Bravo ! bravo !

Un quart d'heure après, la salle était vide.
Dans les couloirs, la foule s'écoulait lentement.
Au dehors, sur les degrés, attendant sans doute
quelqu'un, se tenaient Audren et Yvon. Celui-ci
regardait passer toutes les femmes avec anxiété.

— Viens donc, lui disait Audren, essayant
de l'entraîner.

— Non, je veux la voir sortir.

Bientôt le duc et la duchesse de Valliguière
parurent. Un somptueux équipage s'avança devant le trottoir. Ils montèrent, tandis qu'un valet
de pied, en grande livrée, tenait la portière. Il
releva le marchepied et la voiture partit au galop.

Deux petits coupés, sombres d'aspect, s'approchèrent ensuite, et René sortit en même
temps du théâtre, donnant le bras à Stella.
Mérine venait derrière lui, au bras d'un élégant jeune homme. On fit monter dans la première voiture les deux danseuses.

— Nous allons souper, leur dit René ; Édouard
va nous rejoindre. Jean ! à la Maison-d'Or,
ajouta-t-il en s'adressant au cocher.

Il monta lui-même, suivi de son ami, dans le
second coupé, et la jeune bande fut rapidement
emportée. En voyant apparaître Mérine, Yvon
avait senti ses jambes fléchir sous lui, et sans
Audren, il fût sûrement tombé. Mais lorsqu'elle
eut disparu, ce fut bien autre chose ; Audren,
obligé de le prendre par le bras et de l'entraîner, avait peine à le soutenir.

— Oh ! je l'aime, je l'aime ! disait le malheureux garçon en pleurant.

— Allons, viens donc, pauvre ami ! Il faut
partir, entends-tu, et demain matin, sans plus
de retard. Tu as voulu venir à Paris, la voir,
lui parler. Elle t'a refusé sa porte. Ce soir, tu
l'as vue. Elle ne songe pas plus à toi que si tu
n'existais pas. Que veux-tu faire ici ?

— La voir encore, me jeter à ses genoux, lui
dire une fois de plus l'état de mon pauvre cœur.
Non, je ne partirai pas. Je suis fou, c'est vrai,
mais je l'aime.

— Tu déraisonnes.

— Je le sais : mais je suis sûr que lorsqu'elle
m'aura entendu, elle se laissera attendrir,

Non, vois-tu, je ne pars pas. Va-t'en seul.

— Et que feras-tu ici ?

— J'ai mes économies. Quand elles seront achevées, je travaillerai.

— Yvon, s'écria Audren, écoute un ami véritable. Ici tu te perdras, tu consommeras tes jours et tes nuits dans des tourments sans fin, que cette femme ignorera ou qu'elle ne comprendra pas. Vois-tu, j'ai passé par là, moi qui te parle, et tu peux m'en croire : nos tempêtes de l'Océan, même les plus terribles, valent mieux que celles qui se déchaîneront sur ton cœur, si tu restes ici, mon pauvre enfant. Songe à notre belle mer, à nos matinées calmes sur les flots majestueux, à nos nuits pleines d'orages, à toute la grandeur, à toute la liberté de notre vie. Allons, viens ! On te trouvera une brave fille au pays. Elle te consolera. Son amour éteindra ta passion.

Yvon secouait la tête avec tristesse, et les deux amis rentrèrent silencieux au petit logis qu'ils occupaient. Le lendemain, Audren repartait seul pour la Bretagne.

A l'heure où j'écris ces lignes, Yvon, après être resté pendant dix ans choriste à l'Opéra, chante l'opéra-comique en province.

JOHN STEWART

HISTOIRE D'UN CLOWN

I

Le Cirque possédait, il y a quelques années, un clown nommé Gulliver. C'était un homme de quarante-cinq ans, doux et simple de manières, vivant à l'écart des gens de sa profession et n'apparaissant jamais au théâtre en dehors des heures du spectacle. Il y avait en lui deux hommes bien distincts : l'homme du public et l'homme de l'intimité. L'homme du public, c'était Gulliver, le clown que nous avons tous connu, tantôt se remuant tout d'une pièce comme s'il eût été de bois, tantôt se disloquant et se tordant comme s'il eût été de caoutchouc;

audacieux dans le danger jusqu'à la folie, hâbleur jusqu'à l'impertinence ; plein de courage et d'esprit, riant de ce beau rire qui laissait voir trente-deux dents d'ivoire entre ses lèvres, ouvrant de grands yeux verts, poussant de petits cris d'étonnement qu'on ne saurait mieux faire comprendre qu'en les comparant aux *Aho !* des Anglais, et se livrant enfin, devant le public qu'il enthousiasmait, à une verve d'autant plus étrange, que les effets en étaient rehaussés par un flegme tout britannique.

Mais dès que le clown était rentré dans la coulisse un changement s'opérait en lui, et Gulliver redevenait l'homme de l'intimité. Le rouge, le blanc, la poudre, les escarpins, le maillot, les plumes de coq, les grelots et toute la défroque qui composait son costume tombaient pour laisser paraître un gentleman d'une distinction et d'une politesse achevées, trahissant dans ses moindres gestes une éducation qui eût fait honneur au fils d'un membre de la chambre haute.

Pour les habitués du Cirque, l'existence intime de Gulliver était un mystère. Il avait placé un mur entre elle et ses habitudes de clown. Jamais un de ses camarades n'avait mis les pieds chez lui. C'est à peine si on savait qu'il habitait, du côté de Neuilly, une petite maison construite tout exprès à son usage et d'où il venait chaque soir, seulement à l'heure de la représentation. D'abord, une vie si cachée avait intrigué bien des gens : mais, comme on s'accoutume à tout, comme Gulliver, quoique parlant peu, ne se montrait ni fier ni mauvais garçon, on s'accoutuma vite à cette situation, qui passa pour une originalité. Le mystère qu'elle cachait, la suite de cette histoire va le révéler à nos lecteurs ; mais avant, il faut donner ici quelques détails sur les antécédents de Gulliver.

Son véritable nom était John Stewart. Comme les mendiants et les vagabonds, il était né sur les grandes routes, au fond de l'une de ces voitures longues dans lesquelles se passe presque toute l'existence des saltimbanques et des bohémiens. Son père, William Stewart, avait d'abord servi dans la marine anglaise et s'était ensuite engagé dans une troupe équestre, non comme écuyer, mais pour apporter quelque variété dans les spectacles, en montrant pendant les intermèdes, enfermée dans une cage de fer, une panthère retour de l'Inde, qui avait failli le dévorer. Son bras gauche était resté sous la

dent de la bête, et il se vengeait de cette muti-
lation en montrant dans les foires son ennemie
désormais enchaînée et vaincue. Cette victoire
l'aida à en remporter une autre non moins bril-
lante sur le cœur d'une écuyère, et John vint
au monde. Pauvre John! comme il fut vite
orphelin! L'année suivante, sa mère mourut à
la suite d'une chute de cheval; son père eut le
crâne dévoré par la panthère, qui trouva l'occasion de prendre sa revanche, mais qui reçut en
punition de son crime deux balles dans la cervelle. Resté seul au monde, le petit John
Stewart n'hérita donc même pas de la panthère.
Cependant le patron du manége s'intéressa à
lui, et à trois ans, John connaissait déjà les
principes de l'équitation, du gymnase et de la
voltige. A sept ans, il remplaçait sur les pieds
de son patron une boule à jongler; il travaillait
en écuyer consommé; vêtu de l'habit vert à
parements blancs que la tradition prête à Na-
poléon Ier et coiffé du petit chapeau, il prenait
sur un cheval dressé pour lui des poses clas-
siques; il faisait le saut périlleux avec un sang-
froid que rien ne pouvait déconcerter; enfin,
et c'était là son triomphe, il disloquait tous ses
membres selon son bon plaisir et promettait

déjà d'être le clown intrépide qu'il fut plus tard.

Dans toutes les villes que la troupe traversait, le nom de guerre qu'on avait donné à John, mis en vedette sur l'affiche, faisait couler le Pactole dans la caisse du cirque, si bien que John en cinq ans enrichit son patron. Celui-ci ne fut pas ingrat et lui donna une part dans les bénéfices. John avait toujours eu le plus vif désir de s'instruire. Devenu riche, son premier soin fut de prendre des maîtres : il acheta des livres, et tout en dressant des chevaux, en grimpant sur les trapèzes, en faisant l'arbre droit, il acquit une érudition rare chez ses pareils.

A vingt-cinq ans, John en savait tout autant qu'un bachelier et aurait pu prendre une profession plus honorable que celle de clown. Mais il aimait trop le tremplin pour laisser ainsi le métier auquel il devait tant de jouissances. Quand la corde roide le renvoyait dans les airs, quand debout au sommet d'une pyramide de chaises il faisait trembler les spectateurs à la fois éblouis et épouvantés, il se sentait aussi heureux et aussi fier que s'il eût dressé de ses mains un monument immortel. Abandonner son périlleux métier eût été au-dessus de ses forces. La nostalgie l'eût tué. Il resta fidèle à

son passé ; il changea seulement de théâtre, et
pendant vingt ans, traversant tour à tour toutes
les capitales du monde, excitant partout l'enthousiasme et l'admiration, il se fit ce nom un
moment si populaire et qui devait si vite passer ;
car il est bien peu de gens qui parlent encore
aujourd'hui du clown Gulliver ! C'est ainsi qu'il
était arrivé à Paris, engagé au Cirque, où nous
sommes allés le chercher pour le présenter à
nos lecteurs.

Maintenant, si nous voulons entrer plus avant
dans la vie de Gulliver, suivons-le un soir de
printemps, à l'heure où la représentation vient
de finir. Rentré dans sa loge, il quitte à la hâte
son costume et sort avant que la foule soit entièrement écoulée. Sous ses habits bourgeois,
il est si peu semblable au clown qu'on vient
d'applaudir qu'il arrive sans être reconnu jusqu'à un petit coupé sombre, attelé d'un seul
cheval, qui stationne non loin de la porte du
Cirque. La voiture part, remonte rapidement
les boulevards, la rue du Faubourg-Saint-
Honoré, et va prendre l'avenue de Neuilly, où
elle s'arrête devant une maison toute mignonne,
quoique de belle apparence, et environnée d'un
jardin clos de murs élevés. Au moment où la

porte cochère s'ouvre, une voix fraîche et jeune se fait entendre dans le silence de la nuit :

— Voilà papa ! dit cette voix.

Au même instant, une jeune fille, élégamment vêtue, descend le perron, court à la rencontre de John Stewart et se jette dans ses bras.

— Quel bonheur, père, vous voilà vite de retour !

— Oui, mignonne chérie, la représentation a été courte et je suis revenu en toute hâte.

Gulliver avait une fille. Dans le cours de son existence agitée, il n'avait aimé qu'une fois, et cette enfant lui était restée comme le dernier souvenir de son amour, comme l'héritage béni de la femme adorée morte jeune et trop tôt. Mary, — c'était le nom de sa fille, — fut élevée avec des soins que rien ne peut dire, non pas comme la fille d'un clown, mais comme une héritière de grande maison. Les maîtres ne lui manquèrent pas. Tandis que son père allait de ville en ville, ramassant pour elle la fortune et ne prisant pour lui que les triomphes, Mary était enfermée dans un pensionnat où il apparaissait souvent, traversant parfois toute la France pour venir, entre deux succès, em-

brasser sa fille bien-aimée. Et quand Mary lui
demandait la raison de ces longs voyages :

— Je te la dirai plus tard, répondait-il.

Il tremblait de lui avouer la vérité. Il fallut
s'y décider cependant. Lorsque Mary quitta le
pensionnat où elle avait été élevée et suivit son
père dans cette petite maison de Neuilly dont
nous avons parlé, Stewart lui raconta tout,
comment ce métier méprisé par tous était après
elle son bonheur et l'avait fait riche pour elle
et pour lui. Il n'omit aucun détail de son histoire.

— J'aurais pu te cacher la vérité, lui dit-il
ensuite, mais le mystère dans lequel serait
restée pour toi une part de ma vie m'aurait été
trop cruel. Maintenant tu sais tout ; mais tu
vivras comme si tu ne savais rien. Jamais tu
ne me verras sous cette enveloppe de paillasse
dont on rit, qu'on méprise, et à laquelle je tiens
encore plus qu'à l'opinion du monde. Tu seras
heureuse, honorée par tous, et riche à pouvoir
épouser celui que tu auras choisi et aimé.

Mary embrassa son père, et jamais plus ne
parla du Cirque, des spectacles qui s'y donnaient ou des succès que son père y obtenait.
Sa vie de tous les jours commença, calme, ré-

gulière, pleine de charme, car rien ne lui manquait. Elle aimait son père comme on peut
aimer un père quand on n'a plus que lui.
Stewart aimait sa fille avec une ardeur plus
grande encore. Il ne vivait que parce que Mary
vivait, et elle serait morte, qu'il serait mort
aussitôt après elle. Le lecteur connaît maintenant le mystère de la vie du clown Gulliver.
Ce mystère, c'était sa brune Mary, belle à dix-
huit ans comme la Beauté, la Jeunesse et
l'Amour; ce mystère, c'était sa double vie :
l'une au milieu des chevaux, des applaudissements, du bruit; l'autre dans ce quartier éloigné où il passait pour un paisible propriétaire,
et où nul ne fût venu chercher le turbulent ca-
botin du Cirque. Qui donc aurait soupçonné,
en plein dix-neuvième siècle, un épisode digne
de figurer à côté de celui de Triboulet, dans le
beau drame de Victor Hugo?

Cependant le père et la fille étaient entrés
dans un petit salon où Mlle Lisette, une soubrette intelligente et agile, venait de servir le
thé, tout en interrogeant sa maîtresse d'un œil
anxieux. Mary était rêveuse. A son regard
perdu dans l'espace, aux nuages légers planant
sur son front, on pouvait deviner qu'elle était

14

préoccupée, et Stewart s'en aperçut. Peut-être
allait-il l'interroger, lorsqu'elle sembla comprendre ce qui se passait en lui, et, se levant,
elle lui dit :

— Père, j'ai une nouvelle à vous apprendre.

— Une nouvelle ? fit Stewart tout intrigué.
Bonne ou mauvaise ?

— Bonne, très bonne. Demain matin, vous
recevrez une visite.

— Une visite, ici ! Et de qui donc, mon Dieu ?

— D'un jeune homme charmant, élégant,
bien élevé, et qui viendra vous demander ma
main.

Stewart regarda sa fille d'un air surpris. Elle
prenait plaisir à son étonnement, mais rien ne
paraissait plus sérieux que ce qu'elle disait.

— Voyons, chère enfant, dit Stewart impa-
tienté, m'expliqueras-tu de qui il est question ?
Quel est ce jeune homme qui doit venir ? Comment, à mon insu, le connais-tu ? A propos de
quoi vient-il me demander ta main ?

— Ah ! pour cette dernière question, ma réponse est toute prête. Il vient demander ma
main parce qu'il m'aime.

Stewart fit un nouveau geste d'étonnement
et d'impatience ; mais Mary continua :

— Pour le reste, il m'est plus difficile de répondre. Ce qu'il est, ce jeune homme, je n'en sais rien ; mais puisqu'il doit venir demain matin, il vous le dira.

— Imprudente ! se laisser aimer par le premier venu.

— Mais, mon père, il n'est pas le premier venu. Voilà six mois que nous nous rencontrons presque tous les jours au bois de Boulogne.

— Six mois ! s'écria Stewart stupéfait ; j'en apprends de belles. Il y a six mois que tu connais ce jeune homme et je n'en savais rien ? Lisette fait bien son métier.

— Mais, papa, Lisette est dans mes intérêts, fit vivement Mary.

— Parbleu ! je le vois bien.

A ce moment, la soubrette, qui sans doute avait écouté aux portes, entra, et s'adressant à sa jeune maîtresse :

— Mais que, pour me justifier, mademoiselle dise donc à monsieur qu'il n'y a jamais eu rien de mal dans ses rencontres avec ce jeune homme !

— Cela est vrai ! s'écria Mary. Depuis que nous l'avons rencontré, il ne m'a jamais adressé la parole : il n'osait pas. Il s'asseyait en face de nous, et pendant que je brodais tranquillement, sans faire attention à lui, il me regardait de telle sorte qu'on voyait bien que ça lui faisait plaisir, mais si respectueusement que je ne pouvais m'en fâcher.

— C'est en ne faisant pas attention à lui, ma fille, que tu as remarqué le plaisir que lui faisait ta vue et le respect qu'il avait pour toi?

Mary devint toute rouge.

— Va, continue, lui dit son père; elle m'intéresse, ton histoire.

— Pendant six mois, il est venu, sans y manquer un seul jour, s'asseoir à la même place, dans la belle saison; pendant l'hiver, il venait en voiture et suivait la nôtre. Il descendait de la sienne, si nous étions à pied.

— Toujours pour vous suivre, fit ironiquement Stewart, qui prenait un très vif intérêt à ce petit roman. Mais, au moins, s'est-il déclaré ton amoureux?

— Il y a quelques jours, il remit cette lettre à Lisette, fit Mary, en sortant de sa poche un billet rose.

— Il n'était pas apparemment pour Lisette, répondit Stewart. Elle t'a remis le billet. Eh bien! fit-il en se tournant vers la soubrette, vous faites là un joli métier ; vous portez des lettres à ma fille ?

— Monsieur, répondit l'accusée avec noblesse, j'avais lu celle-là avant de la remettre à mademoiselle, et ne l'ai remise qu'après avoir vu qu'elle ne contenait rien de mal.

— C'est bien ; vous pouvez vous retirer.

Lisette obéit. Mary regardait tendrement son père, et, sur un signe, lui remit la lettre. Cette lettre était ainsi conçue :

« Mademoiselle,

» Je vous aime ! Je vous aime à en mourir si je cessais de vous voir. Je n'ose me flatter que vous l'avez deviné. Quelque chose me dit cependant que vous ne m'en voudrez pas d'avoir eu la hardiesse de vous l'écrire. S'il en est ainsi, m'autorisez-vous à aspirer à votre main, et alors à qui dois-je m'adresser pour ratifier l'assentiment que vous m'aurez donné ?

» Charles DERVIEUX. »

— Il s'exprime bien, ton amoureux, fit Stewart après avoir lu cette courte lettre. Et sans doute tu lui as répondu ?

Mary fit un signe affirmatif.

— En quels termes ?

— Je sais ma réponse par cœur ; la voici. Et Mary récita : « Monsieur, j'habite avec mon père ; c'est de lui que je dépends. Venez demain matin à dix heures lui demander ma main. »

— C'est tout ?

— C'est tout.

— Alors, demain matin j'aurai la visite de M. Charles Dervieux ? Tout cela a été bien mené, je l'avoue. Ah ! encore une question, s'écria Stewart. M. Dervieux connaît-il la profession que j'exerce ?

— Comment la connaîtrait-il ? je ne lui ai jamais parlé.

Stewart réfléchit un moment, puis il attira sa fille jusqu'à lui, la mit sur ses genoux, et la regardant en face :

— Dans tout ceci, ma chère enfant, tu as été bien étourdie, bien imprudente. Je m'abstiendrai de reproches qui, d'ailleurs, ne me serviraient à rien ; seulement, sois franche. A cause de certaines difficultés que tu n'as pas prévues et qui peuvent se présenter, j'ai besoin de savoir si tu aimes bien réellement ce jeune homme, si tu ne prends pas pour de l'amour ce qui n'est qu'un caprice ; enfin, si je puis lui refuser ta main sans danger pour toi.

— Lui refuser ma main ! pourquoi ?

Sur ces mots, Mary devint très pâle.

Son père l'embrassa.

— Tu l'aimes donc bien ?

— Autant qu'il m'aime.

Stewart poussa un soupir et se leva.

— Je me charge de tout, dit-il à Mary. Seulement, demain tu ne sortiras pas de ta chambre avant que je te fasse appeler. Bonsoir, ma fille ; aie confiance en moi.

Mary embrassa son père et se retira.

Le lendemain matin, John Stewart était vers dix heures dans son cabinet. Les murs de ce cabinet disparaissaient sous de vieilles tapisseries ; les meubles étaient en chêne sculpté, et partout on voyait des tableaux, des bronzes, toutes choses en un mot qui révélaient un artiste dans celui qui les possédait. La bibliothèque était celle d'un érudit, et Stewart venait d'y prendre un livre lorsqu'on annonça M. Charles Dervieux.

Charles avait vingt-six ans. Il était orphelin, fils d'un ancien magistrat ; il jouissait d'une fortune honorable.

— Monsieur, dit-il à Stewart après s'être nommé, peut-être connaissez-vous déjà l'objet de ma visite? Je commence par vous le déclarer : j'ai vu votre charmante fille, je l'aime, et je viens vous demander sa main.

— Cette démarche est flatteuse pour ma famille, répondit Stewart, mais permettez-moi de vous dire, monsieur, qu'elle me paraît bien hâtée, vu les conditions dans lesquelles vous avez vu ma fille. Avez-vous eu le temps de l'étudier?

— J'ai l'honneur de me trouver près d'elle chaque jour depuis six mois, et il m'a semblé que tout ce qu'on lisait de doux et de bon dans ses yeux, de noble sur son visage, de gracieux dans son maintien, ne pouvait être que le fait d'une bonne âme, et que tant de beauté ne pouvait cacher autre chose qu'un grand cœur. Je ne crois pas me tromper, ajouta Dervieux, et c'est pour cela que, sans lui avoir parlé, sans avoir même entendu le son de sa voix, je suis venu vous la demander. Ne me refusez pas, je vous en prie. Si vous saviez ce que je souffre depuis que j'aime votre fille! Chaque jour, je voulais le lui dire ou lui remettre une lettre dans laquelle je le lui disais. Mais les paroles restaient dans mon gosier, la lettre dans ma poche : je n'osais pas. Enfin, la hardiesse m'est venue, et à présent que j'ai fait un si grand pas, que ma démarche n'a pas été absolument repoussée, n'abîmez pas ma vie par un refus qui ferait mon désespoir.

Charles Dervieux s'arrêta sur ces mots, et Stewart ne put s'empêcher de sourire de l'éloquence de gestes qu'il avait mise à les prononcer.

— Loin de moi la pensée, monsieur, de vous refuser la main de ma fille, si vous ne lui déplaisez pas ! J'approuve vos sentiments : ils sont ceux d'un honnête homme. Laissez-moi seulement vous demander si vous me connaissez assez pour pouvoir vous allier à ma famille sans de plus amples informations.

— Quand on est le père d'une telle fille...

Stewart interrompit le jeune homme :

— Trêve de compliments, monsieur, lui dit-il. Dans une affaire aussi grave que celle-ci, nous devons, vous et moi, aller jusqu'au fond des choses et nous juger autrement que sur les apparences. Peut-être aurais-je à vous confier certain secret qui pourra changer vos dispositions.

— J'aime votre fille et l'épouserai, si vous voulez bien y consentir, répondit vivement Dervieux, qui n'attachait que très peu d'importance au secret qu'il ne connaissait pas, et dont Stewart lui promettait la révélation.

— Ce soir, votre impatience sera satisfaite. Je vous donnerai une réponse définitive.

— C'est bien long, murmura Dervieux. Où aurai-je l'honneur de vous voir? demanda-t-il plus haut?

— Allez-vous au Cirque quelquefois?

— Quelquefois, oui.

— Moi, j'y vais tous les soirs, reprit Stewart. J'y serai ce soir à dix heures; nous nous rencontrerons à l'entrée des écuries et nous pourrons causer à l'aise.

Charles accepta le rendez-vous, s'inclina et prit congé de celui qu'il n'osait encore appeler son futur beau-père. En sortant, il essaya bien de voir sa bien-aimée derrière quelque rideau doucement agité; mais aucun frais visage ne se montra, et le pauvre amoureux dut partir sans avoir aperçu son idole.

— C'est égal, pensa-t-il lorsqu'il fut dans la rue, si j'épouse Mary, j'aurai pour beau-frère un fier original. Me donner rendez-vous au

Cirque pour traiter une affaire aussi grave!

Après avoir fait cette réflexion, Charles Dervieux rentra chez lui. Pendant toute la journée, son impatience fut au comble, et le soir il était devant le Cirque avant l'ouverture des portes. Le spectacle l'intéressa peu : c'est à peine s'il s'amusa des saillies du clown Gulliver, qui eut, comme toujours, énormément d'esprit. A dix heures, il était à la porte des écuries, attendant l'arrivée de Stewart, lorsqu'un domestique du Cirque vint lui dire qu'on le demandait. Machinalement il suivit cet homme, qui le conduisit jusqu'à une loge d'artiste, dont il lui ouvrit la porte. Dervieux entra dans un petit salon faiblement éclairé, au milieu duquel il aperçut, debout, encore enveloppé dans son costume de clown, celui qui pour tout le monde était Gulliver, et pour un très petit nombre de gens M. Stewart, propriétaire à Neuilly.

Charles ne put retenir un cri de surprise.

— L'accoutrement sous lequel vous me voyez vous en dit plus que toutes les explications que je pourrais vous donner. Êtes-vous toujours décidé à épouser ma fille?

Dervieux était oppressé comme dans un mauvais rêve.

La découverte qu'il venait de faire pouvait détruire tout son bonheur. Mary, si belle, si pure, fille d'un clown ! N'était-ce pas un acte dérisoire de la destinée ? Et lui, si plein d'amour et d'ardeur, n'allait-il pas se trouver séparé d'elle par des barrières infranchissables ? Il ne pouvait pas, en effet, épouser la fille d'un homme qui tous les soirs se donnait en spectacle à une foule émerveillée. Il se devait à lui-même et à son nom de ne pas se mésallier, et un mariage pareil eût été une mésalliance. Tandis qu'il était plongé dans ces réflexions si cruelles pour son cœur, la question de son interlocuteur le rappela à une réalité plus poignante encore. Il fallait répondre, car Gulliver avait dit : « Êtes-vous toujours décidé à épouser ma fille ? » Au lieu de répondre sur-le-champ, Dervieux posa lui-même une question :

— Je l'épouserai, car je l'aime. Mais vous-même, êtes-vous prêt à me faire le sacrifice de votre position ? Êtes-vous prêt à quitter la carrière à laquelle vous avez consacré votre vie ?

Gulliver réfléchit un moment. Puis il dit :

— Ma fille vous aime. Épousez-la. Moi, je ferai ce que vous exigerez.

II

Trois années nous séparent des événements que nous avons déjà racontés, et, pour retrouver les héros de ce court récit, il faut franchir la distance qui existe entre Paris et Avignon. C'est aux environs de cette ville, dans une propriété appartenant à Dervieux, que depuis son mariage ce dernier s'était retiré. Un an plus tard, Mary avait mis au monde un gros garçon qu'on nomma Gabriel, en souvenir de son grand-père paternel. Au moment où nous sommes, cet enfant a deux ans.

Par une belle journée de septembre, sur la vaste pelouse qui se déroule comme un tapis devant une maison d'une architecture élégante, Charles et sa femme jouent avec le petit Gabriel, qui commence à très bien dire : « Papa, maman ! » L'enfant pousse de grands éclats de rire et des cris joyeux ; il bat l'une contre l'autre ses petites mains mignonnes. La cause de cette joie est tout simplement une chèvre blanche attachée à un arbre et qui bondit chaque fois qu'on l'approche. Il n'y a rien de

farouche dans les mouvements de la jolie bête ;
elle se prête avec tant de complaisance aux caprices du petit Gabriel, qu'on pourrait croire
qu'elle comprend et partage son plaisir. Charles
surveille l'enfant et le protège contre les sauts
trop brusques de la chèvre. Mary couve du regard son cher trésor, et son cœur palpite de tout
le bonheur qui fait battre le cœur de son fils.
Auprès d'elle, attendant ses ordres, se tient une
de nos anciennes connaissances, Mlle Lisette,
que Dervieux a récompensée de l'intérêt qu'elle
prenait à la réussite de son mariage en l'éle-
vant aux graves fonctions de femme de charge ;
à ce titre, elle a les clefs de l'office et commande
aux domestiques de la maison. Enfin, sur le
dernier plan, John Stewart lui-même est assis
contre la balustrade d'une terrasse ; un journal
repose sur ses genoux. Il a interrompu sa lec-
ture pour suivre de l'œil les jeux de son petit-
fils, qu'il aime autant que sa fille.

Au premier aspect, il ne semble pas que John
ait changé ; mais en le regardant plus attentive-
ment, on peut voir que le temps écoulé depuis
qu'il a quitté le Cirque a creusé sur son front
quelques rides, et que ses cheveux commencent
à tourner au gris. Du reste, son corps est tou-

jours droit comme un chêne ; on sent que la
vigueur n'en est point partie ; dans ses yeux
brille toujours l'ardeur d'autrefois. Ce n'est pas
l'âge qui a imprimé sur sa physionomie des
signes précoces de vieillesse ; c'est la souf-
france.

Pendant les trois années qui venaient de
s'écouler, John avait vécu auprès de ses enfants sans se plaindre d'une oisiveté qui faisait
son malheur, heureux en apparence, mais rongé
au fond par un mal affreux auquel nous ne sau-
rions donner qu'un seul nom : la nostalgie du
tremplin. Oui, le tremplin, les trapèzes, son
costume éclatant, ses plumes de coq, ses grelots, les chevaux, les lumières, les fleurs, les
écuyers, la foule, le Cirque, en un mot, toutes
ces choses qui étaient sa vie, toutes ces choses
lui manquaient, et il se sentait mourir ; mais il
se serait bien gardé d'en rien laisser paraître
devant sa fille ou devant son gendre.

Après son mariage, pour éloigner son beau-
père de Paris et l'arracher au voisinage du
Cirque, qu'il considérait avec raison comme
dangereux pour lui, Charles était venu habiter
la campagne. La propriété où il s'était retiré,
admirablement située au milieu d'un paysage

pittoresque et fertile, réunissait à l'agrément
et au produit tout le confortable qui rend la vie
bonne lorsque l'esprit est en repos.

Charles et Mary avaient l'espérance que dans
cette retraite John pourrait oublier tout ce passé
dont le souvenir pouvait la lui rendre insuppor-
table ; ils l'entourèrent d'affection et de sollicitude. Lorsque Gabriel naquit, ils lui imposèrent
une sorte de surveillance sur l'enfant, véritable
sinécure sans doute, mais qui pouvait, en révé-
lant à John les devoirs de sa paternité nouvelle,
changer le cours de ses idées et les éloigner
d'un sujet qu'elles caressaient trop complai-
samment. Tous ces efforts avortèrent. John
rendit à ses enfants l'amour qu'ils lui prodi-
guaient, et, devenu grand-père, il trouva dans
son cœur une place pour le troisième qui lui
arrivait ; mais rien ne put amoindrir les regrets
que lui causait la perte de son ancien métier.
En apparence, il fut gai, bien portant, heureux ;
il feignit d'oublier ; mais au fond il devint triste,
morose, et il n'oublia rien. Charles et Mary
trouvaient en eux-mêmes trop de sujets de
préoccupation pour étudier ce qui se passait
chez leur père. Ils ne s'aperçurent pas de la
crise morale qu'il traversait ; ils crurent à son

bonheur comme ils croyaient à leur amour, et la situation ne fit qu'empirer. Bientôt même elle devint insoutenable pour John; il ne pouvait plus vivre si on ne le rendait à sa vie passée; tout le lui disait, il le sentait et n'osait en faire l'aveu. Aux yeux de gens plus clairvoyants ou moins préoccupés que Charles et Mary, il n'aurait pu cacher longtemps l'état dans lequel il se trouvait; il se trahissait, en effet, en reparlant plus longtemps qu'il ne l'avait fait depuis trois ans du temps où il était clown, de ses prouesses, de ses triomphes. Il imitait ces vieux soldats qui racontent leur courage et leur gloire, en regrettant de ne pouvoir plus déployer l'un pour gagner l'autre.

On avait établi tout spécialement à l'usage de Stewart, au fond d'une vaste serre, un gymnase où chaque jour il venait s'exercer pendant plusieurs heures, afin de ne rien perdre de ses habitudes et de son savoir. Un jour, Mary, étant entrée dans cette serre un peu à l'improviste, le surprit gravement occupé à donner au petit Gabriel, qui avait à peine deux ans et qu'il avait emmené loin de sa mère sous prétexte d'aller le promener, les premiers principes de la voltige et du gymnase. L'élève ne se montrait pas trop docile ; mais le maître trouvait dans des bonbons et dans des gâteaux l'art de le rendre attentif, jusqu'à l'indigestion inclusivement.

Mary, effrayée de ce nouveau système d'éducation, courut à son fils, et, l'enlevant dans ses bras, fit mine de vouloir l'emporter.

— N'aie donc pas de crainte pour ton enfant, s'écria John. Accoutume-le au danger. A son âge, je faisais déjà l'arbre droit.

Pour toute réponse, Mary prit la fuite avec Gabriel dans ses bras, et le soir, pour la première fois de sa vie, elle fit à son père de doux reproches. Il les accepta de bonne grâce, se trouva coupable et promit de ne plus recommencer. En effet, il n'emmena plus l'enfant dans la serre ; mais cette petite scène, toute en famille et sans bruit, fut la goutte d'eau qui fit déborder le cœur trop plein du malheureux John.

Depuis ce moment, Charles et Mary s'aperçurent que leur père faisait de fréquents voyages à Avignon. Charles lui en ayant demandé la cause :

— Que vous importe ? fit-il brusquement. Ne suis-je pas libre de mes actions ?

Charles ne répondit pas et ne l'interrogea plus. Il apprit bientôt, d'ailleurs, ce qu'il voulait savoir : une de ces troupes équestres qui courent la province était arrivée à Avignon, et John ne manquait pas une seule de ses représentations. Cette circonstance ouvrit les yeux à Charles sur le véritable état de son beau-père ; il comprit toute la cruauté de sa situation. Il se garda bien d'en faire part à Mary ; seulement, il ne s'étonna pas lorsque, quelques jours plus tard, John vint lui annoncer qu'il avait l'intention d'aller voyager.

— Vous voulez nous quitter ? dit Dervieux.

— Pour quelque temps seulement, répondit John. J'ai besoin de changer d'air.

— Rien, au moins, ne vous a manqué ici ?

— Rien de ce qu'il était en votre pouvoir de me donner, mon cher ami. Ce que je vais chercher, ce sont des distractions plus puissantes que celles que je trouve parmi vous. Ne m'en veuillez pas, Charles ; je n'étais pas fait pour la vie calme et uniforme à laquelle j'ai été soumis. Ne me retenez plus.

— Partez et revenez bientôt et guéri, dit Charles en embrassant son beau-père.

Mary s'affligea davantage du départ de son

père; elle l'accompagna jusqu'à Avignon, où il devait prendre la route de Paris. Au moment de la séparation, elle versa bien des larmes; elle se rappelait tout ce qu'elle avait trouvé d'amour et de sollicitude dans son père tant qu'elle avait vécu seule près de lui, et son départ lui brisait l'âme.

Devant son désespoir, John sentait faiblir ses résolutions; mais en se rappelant tout ce qu'il avait souffert pendant les trois années qui venaient de s'écouler, il n'eut pas le courage d'en voir recommencer de nouvelles. Il espérait d'ailleurs que son voyage le guérirait; il embrassa sa fille une fois de plus, et il partit.

Le lendemain il était à Paris. Sa première visite fut pour le Cirque, dont les représentations avaient lieu, comme pendant la saison d'été, aux Champs-Élysées. Les sons de l'orchestre, le bruit des spectateurs, l'éclat des lumières firent battre son cœur comme aux beaux jours de ses débuts. Il se plaça dans un coin obscur, d'où il assista à tout le spectacle sans être reconnu.

Que d'émotions durant cette soirée! Les applaudissements qu'il entendait et dont il ne pouvait avoir sa part le torturaient comme s'il

eût entendu des sifflets lancés contre lui. Le
célèbre clown Auriol, qui si longtemps avait
été son camarade et son rival, étant entré dans
le Cirque et ayant transporté d'admiration la
salle entière, Stewart fut sur le point de
s'élancer à côté de lui ; il lui prenait des envies
de crier à tous ces gens parmi lesquels il reconnaissait des habitués, ses anciens admira-
teurs : « C'est moi qui suis Gulliver ! Je vais
recommencer mes sauts prodigieux, mes tours
pleins d'audace ; rendez-moi les triomphes que
vous me faisiez autrefois ! »

Il se contint à grand'peine et il sortit. Mais,
en s'en allant, il prit la résolution de venir dès
le lendemain offrir ses services au directeur
du Cirque.

— S'il y a des difficultés d'argent, pensait-il,
je m'engagerai gratuitement.

Il oubliait que, pour le posséder encore, la
direction aurait couvert d'or la table sur laquelle il aurait signé son engagement. La nuit
porte conseil. Quand il fut loin de ce théâtre
pour lui fécond en émotions, lorsque l'air eut
calmé les bouillonnements de son sang, il comprit que sa résolution était folle et qu'il serait
encore plus insensé de la réaliser. Le lende-

main, il n'alla pas au Cirque dans la journée; mais il y revint le soir, et pendant un mois il resta à Paris, éprouvant les mêmes impressions, formant sans cesse le même projet et ne l'exécutant jamais. Un jour, cependant, il arriva jusqu'à la porte du directeur; mais, au moment de frapper, il s'enfuit comme un fou.

Cet état de surexcitation ne cessa que lorsqu'il eut quitté Paris. Il alla s'embarquer au Havre et passa en Angleterre; il y resta plusieurs mois dans l'intention de contracter un engagement avec une troupe étrangère, en mettant pour condition de n'aller jamais en France; mais au moment de signer, il fut pris d'un remords, et puis il craignit de ne pouvoir longtemps vivre éloigné de ses enfants; il languissait déjà de ne plus voir sa fille. Il revint.

Une lutte si cruelle, et dont la plume la plus habile ne saurait rendre les émotions, devait l'arracher pour jamais aux tentations dangereuses qui l'obsédaient ou l'y faire succomber. Il succomba.

Il semble qu'en remettant le pied sur le sol du pays qu'habitaient les seuls êtres qu'il aimât au monde, son premier désir devait être

de les embrasser ; il n'en fut rien. John ne
voulait pas vivre loin d'eux, mais il redoutait
de les voir trop tôt. Il ne voulait pas surtout
leur laisser deviner les souffrances qu'il venait
d'endurer. C'est pour cela qu'il ne se hâtait pas
d'arriver à cette maison qui cependant lui était
si chère. Ce fut alors que la fantaisie lui prit
de faire à pied la route de Calais à Avignon, et
le voilà traversant à petites journées une partie
de la France, couchant et mangeant chez les
paysans, dont il payait généreusement l'hospitalité, et reposant ainsi son esprit et son cœur
à la vue des beaux pays qu'il parcourait.

Il y avait déjà près de six mois qu'il avait
quitté ses enfants. Il se trouvait entre Valence
et Avignon. Il faisait une belle journée de fin
d'hiver ; la route, que le froid avait durcie, se
déroulait sous le regard, blanche et uniforme.
John Stewart marchait allègrement, un bâton
à la main, un petit sac sur le dos, coiffé d'une
casquette noire et vêtu d'une blouse grise
serrée à la ceinture par une courroie ; il était
chaussé de grosses bottes qui emprisonnaient
le pantalon. On eût dit un marchand forain se
rendant à quelque important marché, et personne n'eût cherché sous ce costume l'ancien

clown du Cirque, ni deviné les luttes que nous avons essayé de raconter.

Au point de son voyage où John était arrivé, quelques journées le séparaient de ses enfants; cependant, son impatience de les revoir n'était pas si grande qu'il se hâtât pour arriver. Il faisait de courtes étapes, comme pour reculer le terme de la route.

Après quelques heures de marche, il était à l'entrée d'une petite ville ; c'était Montélimart. Il entra dans la première auberge qui s'offrit à ses yeux, une auberge pauvre, faite pour les voyageurs indigents et pour les rouliers. Sa présence n'excita nullement l'attention, bien que la salle fût pleine de monde. Tous les regards étaient fixés sur un seul point; le sien suivit les autres, et voici ce qu'il vit.

Autour d'une longue table chargée de bouteilles et d'assiettes, trois hommes, quatre femmes et deux enfants étaient assis ; ils achevaient un repas qui, à en juger par la grandeur des plats vidés, avait dû être copieux, sinon succulent. La nappe était couverte de grosses taches, la vaisselle était d'une propreté douteuse, mais les convives ne semblaient pas y regarder de si près, et les dents allaient un train d'enfer.

Les hommes étaient encore jeunes ; le plus âgé pouvait avoir quarante ans. Ils portaient un costume difficile à définir, et qui tenait à la fois de celui des lazzarones et de celui des toreadors. Leur cou brûlé par le soleil ressemblait à celui des taureaux, et sa rotondité faisait deviner la force des trois individus.

L'ajustement des femmes n'était pas moins bizarre : il se composait de haillons de velours et de soie aux couleurs criardes et fanées par l'usage. Ces quatre femmes étaient jeunes, grandes, bien faites, brunes, et d'un visage qui eût été dur jusqu'à la férocité, si la douceur d'un œil noir, éclatant et profond, n'en eût atténué l'expression.

Quant aux deux enfants, ils appartenaient à la plus âgée de ces femmes ; ils étaient jumeaux, sans se ressembler assez, cependant, pour être confondus ; ils avaient sept ans. Aussi sales que leur mère, ils avaient, comme elle, des yeux, des cheveux et des dents d'une beauté rare.

Tels étaient les personnages dont l'aspect venait de frapper John. Autour d'eux, les habitués de l'auberge, quelques voyageurs en blouse, des paysans, avaient formé un cercle et les

examinaient avec toute l'attention que méritait
un spectacle aussi extraordinaire.

— Que sont ces gens ? demanda John à l'aubergiste, qui, en voyant entrer un homme de
bonne mine, avait deviné un client sérieux et
s'était approché de lui avec empressement.

— Ah! monsieur, ne m'en parlez pas! répondit l'aubergiste ; des saltimbanques !...
C'est demain la foire ; ils sont venus ouvrir
une baraque sur la grande place, et, en attendant que leur installation soit terminée, ils ont
voulu dîner ici. Ça fait pitié... ces gens-là venir
dans une honnête maison ! Voyez-vous, quand
on tient un établissement public, on est exposé
à recevoir du vilain monde...

— Ne les insultez pas, dit Stewart d'une voix
brève.

Et comme l'aubergiste, surpris par cette interruption, le regardait avec stupéfaction :

— Servez-moi rapidement, reprit-il. Je
couche ici.

L'aubergiste s'inclina et disparut.

— Je rencontrerai donc toujours des tentations sur mon chemin ! murmura John en s'asseyant devant une table et en déposant à son
côté son sac de voyage.

Il avait deviné à certains signes extérieurs, à l'attitude des saltimbanques, qu'ils exerçaient le métier qui si longtemps avait été le sien.

— Ces gens-là, pensait-il, sont misérables, et cependant ils sont plus heureux que moi, qui ne devrais pourtant rien leur envier. Ils ne suivent que les inspirations de leurs caprices ; ils ne tiennent aucun compte des préjugés ; ils vont leur chemin dans la vie, allègrement, insouciants du *qu'en dira-t-on*, sans inquiétude sur l'existence du lendemain, libres dans leurs affections, contents d'être au monde et fiers d'y être indépendants !

En ce moment, on vint prier John de passer à table, et une fois qu'il fut en face d'un bon dîner, comme il avait fait une longue route et qu'il était affamé, la nature prit le dessus, et il oublia un moment qu'il avait été clown. Mais tandis qu'il mangeait, il vit l'aubergiste parler avec animation à celui qui paraissait être le chef de la petite troupe. Les gens qui étaient dans la salle, attirés par les éclats de voix de l'aubergiste, se groupaient derrière lui pour mieux entendre la conversation, tandis que dans le fond les autres saltimbanques en attendaient anxieusement le résultat.

Bientôt le bruit des voix redoubla, et John put entendre une partie du dialogue.

— Vous ne sortirez pas d'ici sans m'avoir payé, s'écriait l'aubergiste, dont les traits étaient bouleversés par la colère. On n'entre pas dans une honnête maison pour en sortir comme un voleur. Vous êtes tous venus manger ici, sachant bien que vous ne pouviez me payer ; vous auriez dû me prévenir. A présent, je veux être payé sur-le-champ, ou gare les gendarmes !

— Vous êtes un méchant homme, répondit le pauvre diable auquel s'adressaient les paroles de l'aubergiste, et qui en était à sa vingtième supplication. Nous donnons une représentation demain, je vous le répète encore ; vous serez payé sur la recette. Ne pouvez-vous attendre jusqu'à demain ?

— Et s'il n'y a pas de recette ? Non, non, payez-moi tout de suite.

— Vous voyez bien que nous ne le pouvons pas, fit piteusement le saltimbanque en jetant sur ses camarades et sur lui-même un regard désespéré.

— Alors, tant pis, je mettrai le holà sur votre baraque ; je vendrai la toile et les planches ; il y aura toujours bien le prix de mon dîner.

L'entêtement de l'aubergiste eût été risible s'il n'eût été odieux devant les protestations de ces malheureux.

A cette menace de saisir l'établissement, le patron, — car c'était à lui que l'aubergiste s'adressait, — releva la tête. Il était très pâle, ses yeux brillaient d'une colère contenue, et derrière lui les femmes de sa troupe essayaient de le calmer.

— Vous ne ferez pas cela, dit-il d'une voix brève.

— Et qui m'en empêchera?

— Moi... Si vous nous causez quelque malheur, je vous assomme comme un chien.

L'aubergiste recula effrayé, et lorsqu'il fut un peu éloigné de son terrible débiteur, il jeta tout autour de la salle un regard pour compter les gens auxquels il pourrait demander secours.

Dans son coin, John mangeait tranquillement, en apparence indifférent à l'événement, mais au fond très intéressé à en voir les suites.

— Et moi je vous déclare, s'écria alors l'aubergiste, que si vous ne me payez pas dès à présent, vous ne sortirez d'ici que pour aller en prison. Tout le monde a entendu la menace que vous venez de me faire.

— Alors tout le monde verra comment je l'exécute, fit le saltimbanque en s'avançant vers son créancier.

— Au secours ! au secours ! cria celui-ci en se réfugiant derrière John.

A ce cri, John se leva ; d'un geste, il calma l'effroi de l'aubergiste et arrêta le saltimbanque.

— Vous n'avez que ce que vous méritez, dit-il au premier ; on n'est pas plus dur que vous. Mais soyez tranquille, je réponds de la dépense de ces braves gens. Quant à vous, mon ami, continua-t-il en s'adressant au second, vous alliez commettre une imprudence ; il n'est pas bon de se faire justice soi-même. Maintenant, vous pouvez sortir ; cet homme ne vous retiendra plus.

Ces paroles empêchèrent soudain la lutte qui allait s'engager. L'aubergiste s'inclina jusqu'à terre et retourna à ses fourneaux ; quant au saltimbanque, il balbutia quelques remerciements, tout ému d'une intervention à laquelle il s'attendait si peu, et qui venait de le sauver dans ce moment critique.

— Allons, enfants, s'écria-t-il en s'adressant à la troupe, à la répétition !

Chacun d'eux, content du dénoûment de l'affaire, se leva joyeusement, et ils sortirent. Le patron resta le dernier, et il s'était retourné vers John pour le saluer, lorsque celui-ci le prévint en lui adressant la parole.

— Voulez-vous me permettre d'assister à votre répétition ! demanda-t-il.

— J'allais vous offrir une place pour la représentation de demain ; mais je n'ai rien à vous refuser, et si la répétition vous plaît davantage, vous pouvez y venir.

— Allons, car elle m'intéressera beaucoup, j'en suis sûr. Comment vous nommez-vous ? demanda John à son interlocuteur.

— Basilio, pour vous servir, Espagnol d'origine et Roussillonnais de naissance.

— Vous faites un rude métier, l'ami.

— Un rude métier, vous pouvez le dire ! Ah ! nous avons de mauvaises heures. Ainsi, vous avez vu tout à l'heure cet aubergiste ; pour quelque trente francs que nous avons dépensés chez lui et qui lui seront payés demain, il nous eût fait pendre. Était-ce ma faute, cependant ? En arrivant hier, nous avons dû payer la location de notre baraque, payer aussi d'avance les décorateurs, et nous sommes restés sans autre ressource que l'espérance de notre journée de demain. Heureusement que nous aurons du monde.

— Qu'est-ce qui vous le fait supposer ?

— Un pressentiment qui ne nous trompe jamais. Voyez-vous, nous sommes un peu nécromanciens, nous autres ; cela tient à notre vie bohémienne, et après avoir été sauvés aujourd'hui de la prison, nous ne doutons plus de notre journée de demain.

En parlant ainsi, John et Basilio étaient arrivés sur le champ de foire. Il faisait presque nuit, mais une nuit claire qui, aidée des réverbères, permettait de voir les marchands forains achevant à la hâte l'installation de leur magasin en plein vent pour la grande journée du lendemain. La baraque de Basilio s'élevait au milieu du champ ; c'était une grande enceinte de planches formant un carré long, et couvert d'une toile grise. Tout le long du côté faisant face à la foule s'étendait une estrade en galerie, donnant accès dans l'intérieur de la baraque, et à laquelle on arrivait par des degrés en planches. De ce même côté, le bois disparaissait sous des toiles peintes ou plutôt barbouillées, représentant les exercices que le spectateur devait voir. Ici, c'était un homme pendu par les pieds à un trapèze, et portant dans chaque main un énorme poids; là, un autre dansait sur des bouteilles sans les renverser; enfin, un peu plus loin, on voyait Mazeppa emporté sur un cheval fougueux, tandis que derrière lui un trapézien faisait le saut périlleux au-dessus d'une rangée de baïonnettes.

A l'intérieur, c'était autre chose. Adossés aux planches nues, des bancs non rembourrés tournaient en plusieurs rangs autour de la baraque. Dans le milieu, un cirque avait été ménagé. Les bancs les plus rapprochés de ce cirque formaient les premières places; les autres étaient classés comme secondes : il n'y avait pas de troisièmes. Le sol, fraîchement remué et arrosé, conservait la couleur rougeâtre de la terre mouillée.

On avait réservé, dans un coin, un petit compartiment séparé par un rideau du reste de la baraque : on appelait cela les coulisses; c'est par là aussi qu'on communiquait avec la voiture longue, malsaine et enfumée, sorte de maison ambulante où tout le personnel mangeait lorsqu'il n'allait pas festoyer à l'auberge, et couchait lorsqu'il ne préférait pas dormir à la belle étoile,

Enfin, d'un autre côté, un rideau formait l'écurie. Là, sur une civière de paille fraîche, trois rosses, que don Quichotte n'eût certainement pas voulu enfourcher, se reposaient des fatigues de la route en attendant les fatigues de la représentation : c'étaient les chevaux de la troupe.

Quand John entra, tout était prêt pour la répétition, hommes, femmes, enfants, chevaux. Quatre quinquets jetaient sur la scène une lueur maigre. Une odeur étouffée et malsaine sortait des coulisses et de l'écurie. Partout on sentait la misère.

Ce spectacle rappela à Stewart le temps de sa jeunesse ; ce fut tout un monde qui ressuscita pour passer devant ses yeux. Que d'événements le séparaient de ce temps ! Après toutes les agitations de son existence, il semblait qu'il dût se trouver heureux ; cependant il se prit à regretter cette époque dont le souvenir lui revenait. Il aurait voulu, au prix de toute sa vie, s'y retrouver encore. Dans ces dispositions d'esprit, la présence de Basilio et des siens devenait dangereuse pour lui.

La répétition commença. Les femmes se livrèrent à toutes les difficultés de la voltige.

Un des hommes fit des exercices avec les deux enfants ; un autre souleva des poids énormes, et enfin Basilio, qui s'occupait surtout du dressage des chevaux, monta une des pauvres bêtes, décorée du nom pompeux de cheval de haute école.

En dépit du cadre misérable dans lequel ce spectacle avait lieu, il intéressait John au plus haut degré. Debout, l'œil brillant, la tête relevée, attentif, il avait suivi tous les exercices avec une scrupuleuse attention, et plus d'une fois ses observations pleines de justesse avaient étonné les exécutants. Ce qui se passait en lui est impossible à dire ; il avait oublié tout ce qui n'était pas le présent : il ne pensait plus à sa fille, ni à son gendre, ni à son petit-fils. Il était clown avant tout.

Soudain il alla vers Basilio qui, tout heureux de sa répétition, se frottait les mains.

— Voulez-vous m'engager dans votre troupe ? lui demanda-t-il.

Cette question faite froidement, d'une voix brève, sembla si extraordinaire à Basilio, qu'il regarda son interlocuteur d'un air hébété.

— La question n'est pas sérieuse ?

— Très sérieuse.

— Mais que savez-vous faire ?

— Vous le verrez. Je ne vous demande pas d'appointements ; au contraire, s'il vous faut de l'argent, je vous en prêterai.

— Monsieur est amateur ?

Ces paroles ironiquement prononcées, Basilio regarda John de la tête aux pieds ; puis, se rengorgeant :

— Il est vrai que j'ai besoin de quelqu'un, ne serait-ce que pour remplacer un des nôtres qui est parti ; mais il me faut un fort sujet, vous ne faites pas mon affaire.

— Qu'en savez-vous ? m'avez-vous vu travailler ?

En parlant ainsi, John se débarrassa de sa blouse et de son gilet, et s'élança au milieu du cirque. Grimper à un mât, se suspendre au trapèze, franchir des obstacles, se disloquer comme une machine qu'on démonte, se tordre comme un ver, porter deux hommes à bras tendus, danser sur la corde, John fit tout. Il fut beau : il était toujours jeune, toujours agile, toujours intrépide, toujours fort. Pendant une heure, il éblouit les spectateurs, qui l'admiraient d'autant plus qu'ils étaient eux-mêmes du métier et en comprenaient mieux les difficultés,

— Eh bien, dit John à Basilio lorsqu'il eut fini, pensez-vous que je fasse votre affaire ?

— Mais qui êtes-vous donc ?

— Vous l'avez dit, un amateur.

— Que n'allez-vous à Paris, alors ?

— Voulez-vous m'engager, oui ou non ?

— Si je vous engage !... Mais sans doute, et sans conditions encore... nous partagerons les bénéfices. Tudieu ! quel gars vous faites ! Seulement, je m'étonne que vous ne soyez pas sur un théâtre plus digne de vous.

Il y avait de la défiance dans ces dernières paroles, et John s'en aperçut.

— Écoutez, dit-il, j'entrerai chez vous, mais à deux conditions. La première, c'est que jamais vous ne chercherez à pénétrer le secret de ma vie ; je serai là pour répondre de mes actes. La seconde, c'est qu'au lieu de rester dans le midi de la France, nous remonterons vers le nord.

— Ah ! vous n'aimez pas les chaleurs ? fit Basilio ; suffit. On ira où vous voudrez ; avec un gars comme vous, partout où nous irons, nous sommes sûrs de faire des recettes. Quant à votre autre condition, c'est encore entendu : on vous laissera tranquille, et d'ailleurs, vous

trouverez ici de bons camarades. Ainsi, continua Basilio après un silence, c'est décidé,
vous êtes de la troupe?

— C'est décidé.

— Vous jouerez demain?

— Demain, soit.

— Et à propos, quel nom mettrons-nous sur
l'affiche?

John ne répondit pas sur-le-champ; il fut sur
le point de livrer ce nom de Gulliver, qui si
longtemps avait été couvert d'applaudissements
et d'éloges; mais la crainte de le voir arriver
jusqu'à ses enfants le retint.

— Sur l'affiche, je m'appelle Robinson, dit-il
enfin.

— Joli nom... bravo! Et à la ville?...

— A la ville, je m'appelle John.

Le lendemain, la troupe de Basilio donna une
représentation. Grâce au beau temps, à l'af-
fluence des étrangers sur le champ de foire et
aux irrésistibles attractions de l'affiche, la recette fut énorme. Pendant huit jours, il en fut
de même. En quittant Montélimart, Basilio
songeait à acheter un matériel nouveau, à aug-
menter son personnel et à se faire appeler
monsieur le directeur. A qui devait-il de pa-

reils succès ? On devine que c'est à son nouveau pensionnaire.

John avait été le héros de toutes les représentations. La première fois qu'il reparut devant la foule, il fut singulièrement ému : il lui semblait que sa fille et Dervieux allaient lui apparaître pour lui reprocher d'avoir manqué à sa parole ; mais peu à peu cette crainte s'apaisa, et il se livra à toutes les jouissances que pouvait lui procurer sa rentrée dans une carrière loin de laquelle il avait eu peur de mourir.

Et c'est ainsi que Gulliver, l'ancien clown du Cirque, s'engagea dans une troupe de saltimbanques et devint le clown Robinson.

III

— Voici une lettre de ton père ! s'écria un matin Dervieux en entrant dans la chambre de sa femme.

Mary poussa un cri de bonheur, déposa son fils à terre, et saisit le précieux papier.

Pour comprendre toute son émotion, il faut savoir que depuis six mois John n'avait pas donné de ses nouvelles à ses enfants. Après une lettre datée du Havre, il avait tout à coup cessé de leur écrire; en vain Dervieux et sa femme, inquiets de cette subite interruption dans sa correspondance, l'avaient fait rechercher de tous côtés, dans tous les pays où ils supposaient qu'il avait dû passer : ils étaient restés sans renseignements. Voilà pourquoi les nouvelles qui venaient d'arriver au moment où ils ne les attendaient pas les comblaient de bonheur.

C'est d'Anvers que John leur écrivait. Il leur apprenait qu'il venait de rentrer en Europe, et il motivait son long silence par un voyage dans l'extrême Orient; il leur annonçait en outre que, se trouvant en Belgique, il allait visiter ce pays, et qu'il profiterait de l'occasion pour pousser jusqu'en Hollande. Il devait donc être loin d'eux pendant quelques mois encore. Du reste, sa santé était excellente; le voyage et les distractions produisaient sur elle de salutaires effets, et il engageait ses enfants à ne pas s'en préoccuper.

Cette lettre était assez rassurante pour dissiper les alarmes de Mary ; néanmoins, elle n'en fut qu'à demi satisfaite.

— Méchant père ! dit-elle tristement ; il n'est pas pressé de nous voir.

En même temps, deux ou trois larmes brillaient dans ses yeux.

Charles s'approcha de sa femme, la prit par la taille et l'attira jusqu'à lui pour dire à son oreille quelques-unes de ces bonnes paroles qui, entre un mari et une femme qui s'aiment, sont toujours si consolantes ; ce que voyant, le petit Gabriel éleva les mains en criant, parce qu'il voulait être de la partie. Alors Mary s'inclina, le prit dans ses bras et le serra contre sa poitrine en le couvrant de baisers. Lorsqu'elle releva la tête, elle montra à son mari un visage souriant, il n'y avait plus de larmes dans ses yeux : son fils et son mari l'avaient consolée de l'indifférence de son père.

Cette indifférence, aussi bien que le contenu de la lettre, n'était que l'effet d'un mensonge, et le lecteur l'a deviné. A l'heure où cette lettre arrivait à ses enfants, John était à Lyon, où la troupe de Basilio donnait des représentations sur les belles avenues de Perrache. De là à Anvers il y a loin, et John, qui n'avait fait aucun voyage en Orient, ne songeait pas à en faire un en Hollande. Seulement, il avait pensé

qu'il ne pouvait laisser ses enfants sans nouvelles de lui, que c'était une imprudence de
leur en donner de Lyon ou des pays qu'il traversait, et un homme sûr, grassement payé,
était allé, sur ses instructions, remettre à la
poste d'Anvers la lettre que Dervieux avait
reçue. Après avoir ainsi satisfait à ses devoirs
de père, John, plus tranquille, s'était redonné
avec passion à son ancien métier, et le clown
Robinson attirait à la baraque de Basilio une
foule considérable, comme autrefois le clown
Gulliver au Cirque de Paris.

Basilio se félicitait chaque jour d'avoir engagé un clown aussi fort, qui non seulement
faisait des tours merveilleux, mais qui formait
encore d'excellents élèves.

Basilio avait profité de tant de succès pour
se faire appeler monsieur le directeur; il ne
portait plus à la ville le costume sous lequel
John l'avait rencontré, et tout son personnel
était également mieux vêtu. Bref, il commençait à se trouver à la tête d'une troupe sérieuse
et à se prendre lui-même au sérieux.

Pendant ce temps, Charles Dervieux, rassuré
sur le tort de son beau-père, se préparait à partir pour Paris, où l'appelaient quelques affaires

urgentes ; Mary et Gabriel devaient l'accompa-
gner, et ce voyage était pour tous une véritable
partie de plaisir.

Au point où en sont les événements de cette
histoire, qui d'ailleurs touche à sa fin, nous
pouvons, sans nuire à son intérêt, apprendre
au lecteur ce qu'il a déjà deviné : que dans
ce voyage Dervieux et Mary devaient rencontrer leur père. Cette rencontre devait être
cause de la catastrophe qui va clore ce récit.

Quelques jours après avoir reçu la lettre de
son beau-père, Charles quittait Avignon avec
sa femme et son fils, et le même soir ils étaient
à Lyon, où ils devaient passer quelques heures.
Une fois installés à l'hôtel et après leur dîner,
ils sortirent pour voir la ville et pour la montrer
à Gabriel. Gabriel était alors un beau petit
garçon de trois ans, intelligent, curieux comme
tous les enfants, que tout intéressait, et qui,
n'ayant jamais vu de grande ville, se livrait
avec d'autant plus de joie à l'admiration que
lui causait celle qu'il parcourait.

En se promenant, nos voyageurs étaient
arrivés jusque sous ces allées de Perrache qui,
avec leurs grands arbres et leur ombrage,
forment une des plus belles promenades de

Lyon, quoique l'une des plus négligées. Or, sous ces allées, il y avait fête, une de ces fêtes dont les Lyonnais sont particulièrement friands, et comme il s'en donne annuellement dans les faubourgs de la ville et dans les environs. Des jeux de toutes sortes, des bals publics, des voitures de charlatans, de grandes baraques avec des spectacles variés, attiraient la foule qui se promenait lentement sous les lumières perdues dans les arbres. — On entendait de tous les côtés des cris, des bruits de grosse caisse et de trombone. On respirait un air chargé de poussière, on se heurtait, et malgré cela chacun allait allègrement pour avoir sa part de la fête.

Évitant à grand'peine la foule, Charles, qui avait placé son fils entre sa femme et lui, était arrivé à l'une des extrémités de l'avenue où régnait un peu de calme. Il y avait bien là une grande baraque, belle, élégante, peinte sur toutes ses planches, et faite pour attirer le monde; mais le spectacle était commencé à l'intérieur, et au dehors on n'entendait d'autre bruit que celui qui se faisait autour des baraques voisines.

En voyant un jeune homme et une jeune femme aux manières distinguées, accompagnés d'un petit enfant, arrêtés devant la baraque, une grosse créature préposée à la vente des billets s'approcha d'eux.

— Des billets pour les premières places, madame et monsieur ! dit-elle.

— Je veux voir ce qu'il y a là-dedans, s'écria Gabriel en se tournant vers son père.

Celui-ci consulta Mary du regard.

— Prenez, prenez, monsieur ! continua la contrôleuse. Aux premières, il y a bonne société, les bancs sont rembourrés. Le spectacle est très beau ; vous y verrez le célèbre clown Robinson.

A ce nom, Charles se sentit tout ému ; le mot clown lui avait rappelé toute une époque de sa vie, son entrevue au Cirque avec Gulliver, et il éprouva cette inquiétude singulière qui saisit quelquefois les gens les plus courageux et que quelques-uns appellent un pressentiment.

— Entrons, fit-il.

Il prit les billets, paya et gravit les degrés, suivi de sa femme et conduisant Gabriel, dont l'œil brillait de joie. Pour la description de la salle, nous renvoyons nos lecteurs à celle de la salle de Basilio, à Montélimart. Les dispositions étaient les mêmes. Il y avait seulement en plus un nombre considérable de lumières ; les cos-

tumes des écuyers étaient plus frais ; les chevaux étaient plus nombreux et semblaient
mieux portants. Au moment où les Dervieux
entrèrent, le spectacle était commencé, et la
foule suivait d'un œil plein de terreur les périlleux exercices auxquels un clown, vêtu de
blanc et de bleu, se livrait sur un trapèze attaché aux charpentes supérieures de la baraque.
Gabriel avait souvent vu son grand-père se
livrer à des exercices pareils dans la serre
construite tout exprès à la campagne, et dont
nous avons parlé. Le spectacle qu'il avait sous
les yeux ressuscita tous ses souvenirs, et natu-
rellement il fut porté à établir entre son grand-
père et ce clown intrépide une comparaison qui
ne lui démontra aucune différence entre eux,
si ce n'est dans le costume. De là, comment
arriva-t-il à reconnaître son grand-père dans
cet homme déguisé et juché à vingt-cinq pieds
au-dessus de lui ? C'est un fait que nous n'ex-
pliquerons pas, bien qu'il puisse s'expliquer
par la vivacité d'imagination et d'intuition na-
turelle aux enfants, par le flair merveilleux
dont, à un âge déterminé, de trois à sept ans, ils
sont doués en général. Ce qui est certain, c'est
que Gabriel reconnut John Stewart. Il se leva

tout à coup, et de sa petite voix qui résonna claire et aiguë au milieu d'un court silence :

— C'est bon papa ! s'écria-t-il.

Et il remuait sa tête blonde en fixant de tous les côtés ses grands yeux étonnés. A son cri, Mary était devenue horriblement pâle, et Charles, l'œil fixé sur le clown, tremblant d'émotion, essayait de deviner si Gabriel ne s'était pas trompé.

— C'est bien lui, murmura-t-il.

John, — car c'était lui, — avait-il entendu la voix de son petit-fils, ou bien venait-il d'apercevoir sa famille au-dessous de lui ? toujours est-il qu'on vit ses traits se contracter, ses yeux se fermer, et ses mains, qui serraient les cordes du trapèze, s'ouvrir privées de force et les abandonner. Ce fut l'affaire d'une minute, et précipité d'une hauteur de vingt-cinq pieds, le malheureux tomba lourdement au milieu du cirque, tandis qu'un cri terrible retentissait dans la salle et qu'une femme s'évanouissait. Cette femme, c'était Mary.

. . . .

Une heure après, la baraque était vide ; seulement, dans la partie réservée aux coulisses, John Stewart agonisait.

Agenouillée près de lui, Mary, pâle comme une morte, tenait sa tête sur ses genoux ; Charles, debout, considérait le moribond d'un œil désolé.

Enfin, le moins désespéré de tous n'était pas Basilio : il se tordait les mains de désespoir, il perdait l'homme qui commençait à faire sa fortune.

John expira dans la nuit sans avoir repris connaissance.

Cette histoire se termine ici. Il ne nous reste qu'un mot à dire sur ceux de nos personnages qui ont survécu au malheureux Stewart.

Il y a quelques années, Basilio continuait à courir la province, presque aussi misérable que par le passé, et demandant chaque jour à Dieu de lui envoyer des clowns amateurs aussi agiles que Robinson.

Quant à Mary, toujours triste mais résignée, elle habite la campagne, tranquille, presque heureuse entre son mari qui l'adore, et son fils, qui devient, à mesure qu'il grandit, le portrait vivant de Stewart.

FIN

ÉMILE COLIN — Imprimerie de Lagny

AVIS DE L'ÉDITEUR

Le but de la collection des *Auteurs célèbres*, à **60** centimes le volume, est de mettre entre toutes les mains de bonnes éditions des meilleurs écrivains modernes et contemporains.

Sous un format commode et pouvant en même temps tenir une belle place dans toute bibliothèque, il paraît chaque quinzaine un volume.

CHAQUE OUVRAGE EST COMPLET EN UN VOLUME

POUR LES N° 1 A 305, DEMANDER LE CATALOGUE SPÉCIAL

En jolie reliure spéciale à la collection, 1 fr. le vo

(ENVOI FRANCO CONTRE MANDAT OU TIMBR

PARIS. — IMPRIMERIE E. FLAMMARION, RUE RACINE.

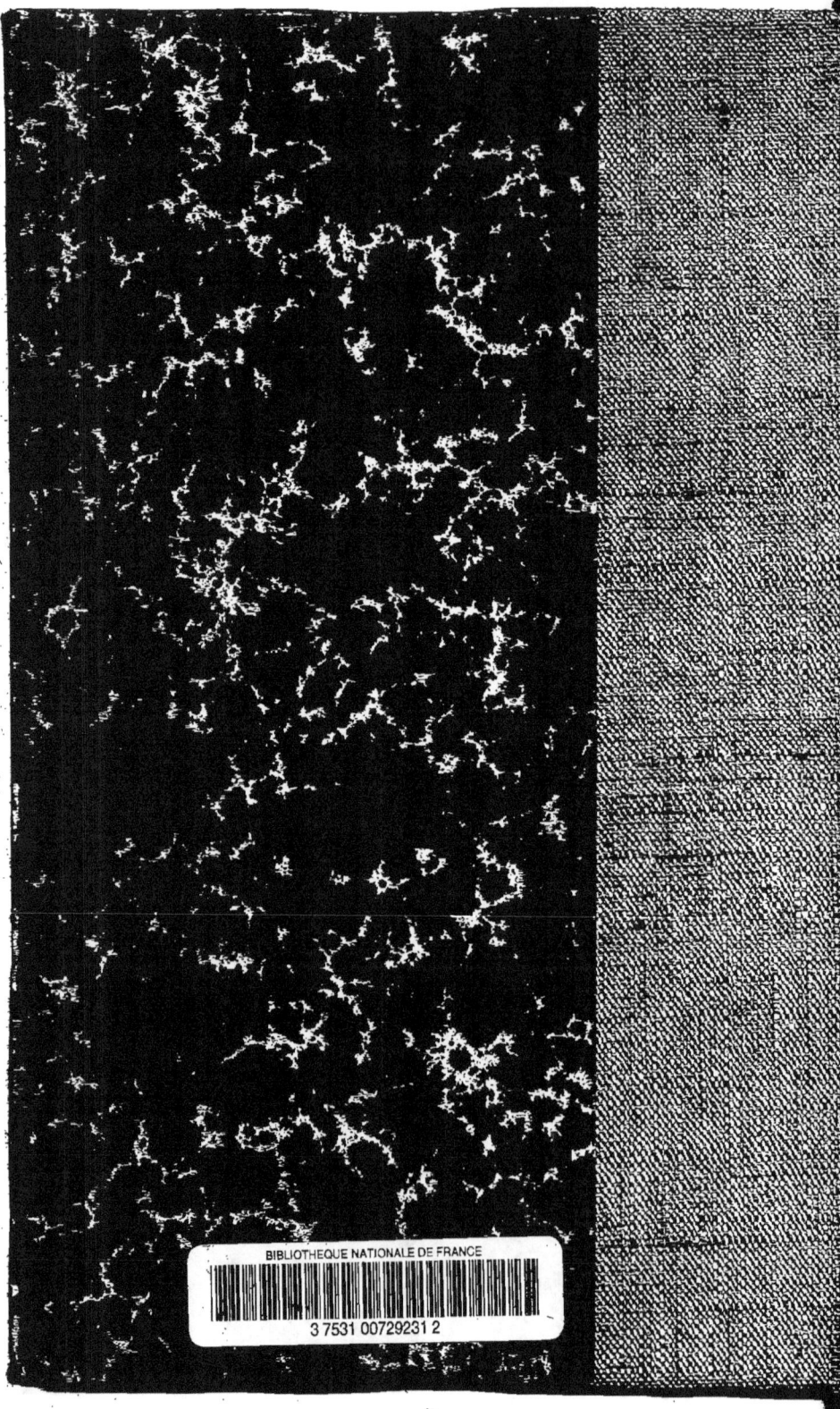

www.ingramcontent.com/pod-product-compliance
Lightning Source LLC
Chambersburg PA
CBHW070456030726
47503CB00004B/1064